英国
ゴシック小説の
系譜

『フランケンシュタイン』から
ワイルドまで

坂本 光

慶應義塾大学出版会

英国ゴシック小説の系譜——『フランケンシュタイン』からワイルドまで

はじめに

　ゴシック小説という名称を狭義に用いるなら、それが指すのはホレス・ウォルポール（Horace Walpole）の『オトラントの城』（*The Castle of Otranto*, 1764）からおおよそチャールズ・マチュリン（Charles Robert Maturin）による『放浪者メルモス』（*Melmoth the Wanderer*, 1820）まで、つまり十八世紀半ばから十九世紀初頭までに書かれた一連の恐怖小説ということになるだろう。しかし現在ゴシックという言葉でくくられる作品群ははるかに膨大である。十九世紀を通して『フランケンシュタイン』（*Frankenstein*, 1818）、『ジキル博士とハイド氏』（*The Strange Case of Dr Jekyll and Mr Hyde*, 1886）、『ドラキュラ』（*Dracula*, 1897）など、新しい世代のゴシック小説が生み出され、さらに二十世紀を迎えると、新世紀のメディアである映画が十九世紀ゴシック小説が生み出した怪物たちを持てはやすことにより、恐怖映画という一大ジャンルを形成する。そしてゴシック小説は、それ以外の文学ジャンルを凌ぐ濃密さで他メディアとの相互作用を繰り返しながら、その後も発展を続けることとなる。ウォルポールが最初のゴシック小説を書いてから約一五〇年をへた現在にいたるまで、文学に留まらず、映画、テレビドラマ、コミックス、さらには音楽やファッションといった広範な創作物においても、ゴシック的なもの、あるいはゴス（Goth）的なものの果てしない再生産が続けられている。これらのなかには、先行する作品の表層的な特徴を装飾的に利用しただけの例も少なくない。しかしゴシックという名でくくられる物語のジャンルが、文学史上は一見ごく限られた時期の時代様式のように見えながら、その実これほどの余命をつないで来たことには、それ相応の理由が存在するはずだろう。おそらくは十八世紀から現在にいたるまで、ゴシック的言説は何事かを表現するために適切な物語であり続けたのだろうし、また時代に応じた変化に成功してきたのである。

元来「ゴシック」（Gothic）とは「ゴート人」（Goth）のという意味だが、加えて洗練に欠けるゲルマン的・北ヨーロッパ的文化への蔑称として使われ、ルネサンス期イタリアにおいては、尖塔などが特徴的な十二世紀後半から十五世紀の教会建築、さらに同時期の美術様式を指して「ゴシック」と呼ぶようになる。英国では十八世紀半ばから十九世紀にかけて、こうした中世ゴシック様式の建築や装飾を復興しようという動きが生まれた。これを「ゴシック・リヴァイヴァル」という。この流れは審美的な領域に留まることなく、ラスキン（John Ruskin）らに見られる中世的な倫理観への賞賛、神学上のリベラリズムやカトリック教会の伸長を斥け英国国教会を再建しようとしたオックスフォード運動とも大きな関連を持っている。その影響の大きさは、十九世紀に建てられた英国国会議事堂、王立裁判所などの大規模公共建築までがゴシック様式を採用していることにも見て取れるだろう。

こうした中世ゴシックへの再評価と憧憬において、その始まりに位置していたのが『オトラント の城』の作者ウォルポールである。ウォルポールは一七四九年、ロンドン郊外に邸宅を買い求めると、増改築を繰り返しながら内外装を中世風なものへと変えてゆく。その普請道楽のさなか、一七六四年に出版されたのが『オトラントの城』である。当初ウォルポールはこの作品の由来を偽り、イングランド北部の旧家で発見された古文書であり、一五二九年にナポリで書かれたイタリア語の手稿をウィリアム・マーシャルなる人物が英訳したものとして出版した。そしてこの書物は文化的な業績として高く評価される。しかし翌年の第二版で、ウォルポールはこれが偽書であったことを明らかにしてしまう。追加した序文で、古文書ではなく自分が新たに執筆した創作物である、とみずから暴露してしまうのである。そしてその意図を、古来の物語と現代の物語の結合、つまり想像力を駆使しありえない出来事を書き綴る昔ながらの物語と、現実をリアルに写しとる「小説」という新しい物語との結合にある、と主張する。これは小説という十八世紀的な、つまり啓蒙主義の時代に「現代的」であった新しい文学形式の確立を前提としながら、それによって失われた奔放な想像力の働きを甦らせよう、という試みにほかならない。しかし『オトラントの城』を古文書の英訳として称揚した同時代の批評家たちは、小説『オトラントの城』を懐古趣味的で古くさいと酷評することになる。

ウォルポールをめぐるこれらのエピソードは、現在にいたるゴシック小説、また広くゴシック的な物語の成り立ちを考える上で示唆に富んでいる。ゴシック小説とは、日常的な現実を写し取るだけでは表現できない、また踏み込むことのできない精神の働きを、日常のなかに起きる非日常的・非現実的な事象を想定することで描き出す物語だと言ってよいだろう。日常を侵食する非日常は、日常という自明と思われていた平穏さを脅かし、登場人物と読者に恐怖をもたらす。またそうした脅威は理解不能であるがゆえに恐ろしいのであり、しばしば超自然的なものとして設定される。ゴシック的な物語が基本的に恐怖物語であること、また超自然的な要素の導入を躊躇しないこと、しかし単純な夢物語ではなく日常的な現実を土台としていること、非日常・非現実が平穏な日常的に圧迫を加え、それによる歪みと閉塞感が特徴的な効果をもたらすことなど、いずれも初期ゴシック小説からの成り立ちに由来しているのである。

以来、ゴシック的な物語は、まずは怪奇な物語、恐怖を呼び起こす物語として書き継がれている。それは常に、日常が非日常に遭遇して生ずる歪みと、それに由来する恐れを描く物語であった。トドロフによる今や古典的な構造主義的幻想文学論を援用するなら、こうした歪みは二つに分類することができる。すでに存在する現実によって合理的な説明と解決が用意できる「怪奇(the uncanny)」と、たまさか起こりえることとしてそのまま受容されることになる超自然的な「驚異(the marvellous)」である。十八世紀ゴシック小説では時に両者が混在して見られたが、十九世紀を経て現在にいたるまでの間に、特にそれぞれを扱う小説形式が、洗練をへて別個の発展を見ることになる。その過程で説明可能な「怪奇」を扱う物語は、謎解きによる事件解決を主眼とする推理小説へと分岐し、独自のジャンルを形成して大いに興隆を見せている。しかし推理小説であれ恐怖小説であれ、あるべからざる事物が日常を脅かし、物語とその読者とを異常事態の解消へと（時として解決にはいたらぬものの）突き動かしてゆくことには違いがない。

本書では主として十九世紀に書かれた英国ゴシック小説を取り上げ、現在にいたるゴシック的物語の系譜が直接の源流としているものを論ずる。第1部では、第1章でウィリアム・ゴドウィン（William Godwin）とメアリ・シェリー父娘の作品より、それぞれ『ケイレブ・ウィリアムズ』（*Caleb Williams*, 1794）と『フランケンシュタイン』を選び、この十八世紀末と十九世紀初頭のゴシック小説を対比しながら、「秘密」を抱えるという設定が主人公を非日常の世界へ閉じ込め、それによって物語にゴシック的構造をもたらすメカニズムを考察する。またいずれの作品においても、「秘密」を抱え込んだ主人公は非日常的な閉塞を解消しようともがき、そのさまは「旅」として物語化されている。これについても両作品を併読することにより、『フランケンシュタイン』においては新たにロマン主義的な風景観が導入され、物語のゴシック的構造に不可分な形で組み込まれていることを論ずる。また十九世紀ゴシック小説は「怪物」の導入によって、現在にいたるゴシック的な物語に大きな影響を残したが、第2章では辺境の後退と消失により「怪物」がその形態を大きく変化させたことを論ずる。その好例として、あえて二十世紀作品より「人の内なる怪物」を描いた作品を選び、十九世紀ゴシック小説で前景化した「怪物」という非日常的存在が、時代背景に応じていかなる変化を遂げたかを検討する。

第2部ではオスカー・ワイルドによる小説『ドリアン・グレイの肖像』を取り上げ、主人公による社会的自己像の希求が、十九世紀末という時代背景のもと、どのようにゴシック的な物語の成立に寄与したかを論ずる。第3章では十九世紀に発明され急速に普及を果たした写真術と、人間の外見・外形からその内面的実質を見極めようとした人相学および骨相学の興隆を踏まえ、主人公が視覚的な自己像に拘泥することによって、ゴシック的な閉塞へとみずからを追い込んでゆくさまを考察する。また第4章では十九世紀英国における国立博物館の設立ブームを踏まえ、主人公の多方面にわたる収集癖のなかに、過去を蒐集・体系化することにより自己像を確立しようとする企てを読み取る。

このように本書は十九世紀に英国で書かれたゴシック小説を中心として、代表的な作品のいくつかを取り上げ、それらの成り立ちと物語の仕組みを読み解くことを試みる。そうした読解のプロセスを示すことで、ゴシック的な物語全般を理解する上での入門編とすることも意図の一つである。ゴシック小説がその後の小説全般、さらに文学ジャンルにとどまらず多くの物語に影響を与えてきたなかで、特に十九世紀英国のゴシック小説、またそこから分岐した推理小説は、われわれがいま目にするさまざまな物語に大きな影を落としている。本書で取り上げる諸点、近代的における「旅行」の成り立ち、物語に登場する「怪物」の役割、登場人物がかかえる「秘密」が物語の構造にもたらすもの、博物館の成立や写真の発明と社会的「自己像」との関わりなど、いずれも当該作品を理解する上だけでなく、ゴシック的な物語、さらには多様な物語に見いだせるゴシック的な要素を考える上でのヒントともなるだろう。すでにゴシック小説になじみがある読者はもちろん、まだよく知らない読者にとっても、今も新たな作品を生み出しているゴシック的な物語の系譜を読み進む上で、本書がその一助となれば幸いである。

英国ゴシック小説の系譜——『フランケンシュタイン』からワイルドまで　目次

第1部　ゴシック小説の物語構造

第1章

旅と秘密

『ケイレブ・ウィリアムズ』と『フランケンシュタイン』

ゴシック的装置としての旅

フランケンシュタインという名前を知らない人は少ないだろう。だがその名前が死体をつぎはぎした人造人間ではなく、それを生み出した科学者のものであることは、あまり知られていない。ましてやこの名前を知らしめる元となったメアリ・シェリー（Mary Shelley）による小説『フランケンシュタイン』（*Frankenstein, or the Modern Prometheus*, 1818）が旅の物語であることを意識している人は多くなさそうである。

だがこの作品は主要な登場人物それぞれが異なった旅をし、それらの旅が絡み合うことによって成立している物語だ。登場人物たちは旅に出ることによって、あるいは旅に出ないことで逆説的に、十九世紀初頭の旅のあり方を浮き彫りにする。またそうして描かれる旅の根底にあるのは、『フランケンシュタイン』を支えるゴシック的な物語構造そのものだ。そしてこのゴシック的な構造こそ、小説『フランケンシュタイン』やそこから派生したさまざまなメディアでの「フランケンシュタイン的なもの」あるいは「〝フランケンシュタインの怪物〟的なもの」に、今にいたるまで大きな影響力を持つゴシック・アイコンとしての力を与えているものなのである。

またメアリ・シェリーの父ウィリアム・ゴドウィン（William Godwin）は、主著『政治的正義』（*An Enquiry Concerning Political Justice, and its Influence on General Virtue and Happiness*, 1793）によって知られる政治学者にして無政府主義者だが、同時にいくつもの小説を書き残している。そのなかでも最もよく知られたものが『ケイレブ・ウィリアムズ』（*Things as They Are; or, The Adventures of Caleb Williams*, 1794）であり、この作品でも主人公ケイレブは旅をする。そして主人公が旅に出ることを強いられてゆくプロセスと旅の道程、最後にたどり着く場所は、やはり物語のゴシック的な構造を成立させる上で、不可欠な役割を担っているのである。

ゴシック小説にはその特徴的な物語構造を支えるための典型的な設定やモチーフが存在し、旅もその一つである。旅はさまざまな時代にそれぞれの時代様式を持つ物語が作り出されてゆく上で、大きな役割を果たしてきた。ここでは十八世紀末から十九世紀初頭に書かれ、後期ゴシック小説を代表する作品である『フランケンシュタイン』と『ケイレブ・ウィリアムズ』を取り上げ、そこに描かれた旅に目を向けてみよう。そうすることによって、この時代に旅という文学装置が、ゴシック的な空間とその空間への意識を表現するものとして、新たな機能を担った様に注目してみたい。

ゴシック・アイコンの誕生

『フランケンシュタイン』はいくつもの旅をめぐる物語だが、同時にこの物語自体、作者が実際に旅をしたその結実である。そして作者が体験したこの旅は十九世紀以降のゴシック文学に大きな転機をもたらし、ひいてはそれにつらなる後世のさまざまな作品群に大きな影響をもたらすものとなった。

一八一六年、メアリ・ゴドウィンは継母の連れ子であった義姉クレア・クレアモント（Clare Claremont）を伴い、愛人パーシー・ビッシ・シェリー（Percy Bysshe Shelley）とともにスイスへと旅をする。当時メアリは十九歳、シェリーは二十四歳で、シェリーにはすでに妻子があったが、メアリとの間にも二子をもうけていた。★1 三人はレマン湖（ジュネーヴ湖）畔に家を借り、近隣のディオダティ荘（Villa Diodati）に滞在していたバイロン卿（George Gordon Byron）や同行の若い医師ジョン・ウィリアム・ポリドリ（John William Polidori）らと合流し、盛んに往き来しては、物見高い他の滞在客たちの注目を浴びる。そんななか、雨にたたられたその夏の退屈を慰めるため、五人は怪奇物語の競作を行ったのである。

五人それぞれが創作を試みたが、それらが萌芽となり、のちに出版されることになる二つの作品へと結実する。一つはポリドリによる『吸血鬼』（*The Vampire*, 1819）である。吸血鬼はそもそもさまざまな文化圏の民間伝承や神話に登場する怪物であり、かならずしも一様な形態を持つものではなかった。しかし『吸血鬼』において、ポリドリは伝承にあるような「生ける屍《しかばね》」ではなく、人格を持ち、貴族階級に属し、旅をする誘惑者という、現在にいたる典型的な吸血鬼像を提示している。この類型に呪いの伝染という新たな属性を追加し、確固たるキャラクターとして確立したのがブラム・ストーカー（Bram Stoker）による『ドラキュラ』（*Dracula*, 1897）である。その舞台化および映画化作品が、現代にいたるゴシック・アイコンとしての吸血鬼像を生み出すことになるのは、よく知られたとおりだ。★2

そして湖畔での競作のもう一つの結実が、メアリ・シェリーによる『フランケンシュタイン』である。この物語も『ドラキュラ』と同様に、そののち現在にいたるまでの一大類型を形づくることとなる。その端緒が旅先での座興にあるのはすでに述べたとおりだが、この作品の旅との関わりは、それだけではない。まず登場人物たちが旅する道筋や、そこで目にする光景の多くは、メアリ・シェリー自身の旅と重なり合う。作中で描写されるアルプスの山々や氷河は、まさに作者がジュネーヴ湖畔に到着するまでに目にした景色にほかならない。★3 そして風景とは単に目に入る外界の様相ではなく、それに感応し意味を見出す意識のあり方でもある以上、これは作者が体験した旅のあり方、その景色を見る意識のあり方の反映でもあると言えるだろう。

また主要な舞台の一つとなるジュネーヴは、主人公が二度と取り戻すことのできない平穏の象徴として、確固たる秩序のもと自由と平穏を享受する社会として描かれている。これは啓蒙運動を担った多くの人々が、ルソー生誕の地であり、またヴォルテール安住の地でもあったこの都市に特別な感情を持っていたこと思い起こさせる。作中の記述と設定を見るだけでも、メアリがこの旅の目的地に同様な歴史的感興を感じていたことが容易にわかるだろう。『フランケンシュタイン』とは、その萌芽が旅のなかにあるだけでなく、旅の感興を素材とし、旅する人々のさまざまな道程を複合的に描くことによって作り出された、多元的な旅の物語なのである。

『フランケンシュタイン』は、H・G・ウェルズ (H. G. Wells) やジュール・ヴェルヌ (Jules Verne) に先立つサイエンス・フィクション最初期の例として挙げられることがある。一つにはゴシック小説に必要とされる怪異、この場合は人造人間という存在を説明する上で、イタリアの生理学者にして解剖学者ルイジ・ガルヴァーニ (Luigi Galvani) が提唱した動物電気の概念を下敷きとしているためであり、また科学力を手に入れることによって人類が直面する問題を先取りしていたと考えられるためでもある。★[4] つまりこの作品のゴシック的な側面を構成している怪異、あるいは非日常的な要素が、そうした評価の一因となっている。

　これと同様なことが『ケイレブ・ウィリアムズ』についても見られるのも興味深い。『ケイレブ・ウィリアムズ』は、時としてエドガー・アラン・ポー（Edgar Allan Poe）らに先立つ推理小説の先駆と評価されることがあるのだ。これは主人公ケイレブが素人探偵のごとく殺人事件の真相へと迫り、真犯人を追いつめることに執着するさまが描かれているためだが、だからといって通例の古典的推理小説のように、事件の謎解きが物語のゴールとして設定されているわけではない。それどころか謎解きに成功し真犯人の告白を引き出した主人公が、そうして真相を知ったが故に追いつめられてゆく過程が物語の過半を構成している。★[5]

　いずれの作品の場合においても、こうした評価が示しているのは、それぞれのゴシック小説としてのその構造の一部、特徴をなす部分が、後世に確立されることになるジャンル・フィクションと大きな類縁性を持つものとして注目されうる、ということにほかならない。つまりこれらの評価は、それぞれの作品がゴシック小説の新たなヴァリエーションとしてどのような方向へと向かっていたのかを理解する上で、大きなヒントとなるのである。またこうした視点は、両作品が旅という文学的装置を用いてどのようなゴシック的空間を創出することになったかを考える上でも、大いに助けとなるはずだ。

ゴシック小説と非日常

そもそもゴシック小説とはいかなるものか。「はじめに」でも述べたように、狭義に用いるなら、この名称が指すのは十八世紀後半から十九世紀初頭までに書かれた恐怖小説、多くの場合まさにゴシック風つまり中世風の建物を舞台の一部とし、超自然的な怪奇現象におののく登場人物たちを描く物語だ。ホレス・ウォルポールの『オトラント城』に始まり、ウィリアム・ベックフォード（William Beckford）の『ヴァセック』（*Vathek*, 1787）やアン・ラドクリフ（Ann Radcliffe）による『ユードルフォの謎』（*The Mysteries of Udolpho*, 1794）、マシュー・グレゴリー・ルイス（Matthew Gregory Lewis）の『修道僧』（*The Monk*, 1796）などをへて、チャールズ・ロバート・マチュリンの『放浪者メルモス』にいたる数多《あまた》の作品群を指す。英国小説の主流は、ヘンリー・フィールディング（Henry Fielding）やロレンス・スターン（Laurence Sterne）が活躍したのち空白期を迎え、ジェイン・オースティン（Jane Austin）やチャールズ・ディケンズ（Charles Dickens）らによる十九世紀小説の新たな興隆を待つことになった。この空白期を埋めるように、これらの怪奇小説が流布し、一世を風靡したのである。ゴドウィンの『ケイレブ・ウィリアムズ』もこうした流れを代表する作品の一つだ。

ゴシック小説という名称をもう少し拡張して用いるなら、その終わりは十九世紀末まで引き延ばされることになる。一八一八年に出版された『フランケンシュタイン』は、ウォルポール以来の言わば古典的な初期ゴシック小説と、その流れを受け継ぎながらも新たな展開をみせる作品群との端境期を示す作品だと言える。そして十九世紀にはシェリダン・レファニュ（Sheridan Le Fanu）の諸作品、ロバート・ルイス・スティーヴンソン（Robert Louis Stevenson）の『ジキル博士とハイド氏』（*The Strange Case of Dr. Jekyll and Mr. Hyde*, 1886）そしてストーカーの『ドラキュラ』などが書かれることになる。

またこうした作品群の存在を前提に、類似した設定や雰囲気を持ついわゆる恐怖小説が、執筆された時代にかかわらず、広く「ゴシック小説」と呼ばれることも多い。さらに文学の領域に留まらず、現在にいたる映画、演劇、コミックス、ロックやポップスなどの音楽、あるいはファッションなどの分野でゴシック、あるいはゴス（Goth）という名称や形容が用いられる場合、それは建築や美術におけるゴシック様式ではなく、十八〜十九世紀ゴシック小説との類縁性を指摘しているのである。

怪異の条件

ここでは「ゴシック小説」という名で指すものを十八～十九世紀に書かれた作品に限定した上で、まずその特質を再確認しておこう。すでに述べたようにゴシック小説は何らかの超自然的な怪異が呼び起こす恐怖を描く物語であり、古典的な例においては、それが起こる場所は人里離れた場所に立つ古めかしい城や屋敷、あるいは修道院などで、異国や過去の時代に舞台が設定されることも多い。つまり空間や時間の次元で、読者の日常とは隔絶した環境が設定され、主人公はそこで怪異に遭遇するのである。多くの場合、物語の結末にいたるとその怪異は解決され、作中世界に平穏な日常が戻り大団円を迎える。そしてラドクリフなどの作品にその例が顕著だが、始め超自然的と思えた怪異は、往々にして合理的に説明されてしまうのである。

こうした怪異の解決は、のちに生まれる推理小説との血縁関係を如実に感じさせるものだ。推理小説においては、殺人事件などの極めて非日常的な事態が、探偵によって人間関係のもつれや利害の対立のような日常的な出来事として語り直される。この時点で事件は警察に、そして最終的には法廷へと引き渡されることが確定するわけだが、これはつまり事件が司法の言葉で再度語り直され、日常社会の秩序を支える判例のなかへ還元されてゆく、ということにほかならない。

また物語の発端においては、事件が超自然的な様相を帯びていることも珍しくない。よく知られた例をあげるなら、アーサー・コナン・ドイル（Arthur Conan Doyle）の「バスカヴィル家の魔犬」（*The Hound of the Baskervilles, Another Adventure of Sherlock Holmes*, 1902）はその典型である。

一方、十九世紀初頭に始まる新しい世代のゴシック小説では、非日常をもたらすために用意される枠組みは、かならずしも空間や時間の隔絶ではない、あるいはそれに留まらないことも多い。その場合、主人公が抱えることになる何らかの秘密が、主人公とそれを取り囲む日常世界との間に隔絶を生み出し、非日常的な場を支えることになる。たとえばジキル博士は自分の実験結果を公表することが出来ず、またヴァン・ヘルシング教授は人々の動揺を恐れ、英国が吸血鬼による侵略の脅威にさらされていることを隠し通す。そうすることによって、登場人物たちは読者と同じ時代、同じ場所に設定されながら、読者の日常とは隔絶した世界を体験することになる。こうして怪異や非日常的事態は時間的・空間的な束縛を解かれ、読者が暮らすのと同じ日常のなかへと滑り込む術を得るのだ。では秘密を抱えることで日常との隔絶が得られるというのに、主人公はなぜ今いる場所を離れ、旅に出るのだろうか。この点を考える上で興味深い例となるのが『ケイレブ・ウィリアムズ』である。

『ケイレブ・ウィリアムズ』

『ケイレブ・ウィリアムズ』の主人公ケイレブは、イングランドの田園地帯で小作農の家に生まれる。そして十八歳で家族を亡くすと、その才覚を認められて大地主フォークランドの家に入り、主人の秘書として働くようになる。作品全体は手記として回顧形式を取るが、その冒頭でケイレブは世に出る前の自分の性格をこのように説明する。「私のこれまでの生活の特徴をなす行動原理はなんといっても好奇心である。物事の仕組みを知りたがる性質もこの好奇心から生じたものだ。私は或る原因から生じるさまざまな結果をたどっていくのが好きだったが、そのせいで私はいつの間にか一種の科学者になっていた。宇宙の諸現象を説明するのに考えられた色々の解釈を調べないことには安心できないのである。最後には、物語とかロマンスに熱中して離れられなくなった。冒険物語の成り行きを息をはずませて読みふけり、まるで将来の幸、不幸がその結果如何にかかっているかのように心配するまでになっていた」[★6]。ケイレブの好奇心とは、目の前の出来事を理解し納得することへの執着だ。不可解なものや不自然な出来事、つまり自分がすでに知る物事と整合性を持たないように見えるものの存在を許せないのである。だからこそ冒険物語に熱中し、なかなか行方の決まらぬ物語に胸躍らせておきながら、それが結末を迎えて安定した図式におさまるさまを喜ぶのだ。しかし現実はかならずしも結末の用意された物語ではない。

ケイレブの好奇心が現実に向けられたとき、彼自身が行き着く先も約束されないまま追い立てられ、目当てのない旅に出ることを強いられることになる。

『ケイレブ・ウィリアムズ』の前半は、ケイレブがフォークランドの高潔で教養に満ちた人柄を敬愛しながら、彼が時としてみせる影や憂鬱の発作にとまどい、この相反する二つの面を結びつけ説明してくれるものを探し求める過程を描いている。つまりこの物語は、平明であるべき日常世界のなかに感じ取った違和感を、その原因を理解することによって解消し、安定した日常へと還元しようとする試みから始まる。書物によって養われたケイレブの好奇心は、格好の対象を得て現実の世界に振り向けられたのである。

作品は三巻から構成されており、第一巻は簡単にケイレブの生い立ちを説明したのち、執事コリンズの話を通してフォークランドの人となりを描くことに費やされる。それによると、フォークランドは騎士道物語を愛読し、そこに学んだものを実践することを旨とする高潔な人格者だ。世に出る前のヨーロッパ大陸旅行、つまり「グランド・ツアー」で若き日にイタリアに遊んだ折には、彼の地《か》の人々からも大いに尊敬され、誤解から決闘事件に巻き込まれたときにも、自制と思慮深さによって無用な流血を避け、さらなる人望を集めたという。つまりフォークランドは、書物に学んだ高邁な理想を実践する誇り高き人物なのである。

しかしグランド・ツアーから戻り、大地主として現実世界に暮らすことになると、かならずしもすべてが思い通りにはならない。同じ地方の粗野な大地主ティレルは、フォークランドに無用な対抗心を持ち、ある日、逆恨みから彼に耐えがたい侮辱を与える。するとその日のうちに、ティレルは何者かによって刺し殺されてしまうのだ。日頃の敵対関係から犯人かと疑われたものの、フォークランドは自らの身の潔白を世間に認めさせることに成功し、その後、ティレルの小作人であったホーキンス父子が主人殺しの罪で処刑される。だがこうして潔白が事実上確定したにもかかわらず、この頃からフォークランドは人が変わり、時折憂鬱の発作に悩まされるようになるのである。

第二巻は、以上のような経緯を聞かされたケイレブが、さらに主人への疑念を深めるところから始まる。フォークランドが騎士物語に学んで現実社会に乗り出したように、ケイレブも書物で学んだことをもとに、今度は現実の人間社会に取り組もうとしている。

> 我が友コリンズ氏が話をしてくれたのは私を楽にしてやろうという配慮からだったが、実はかえって私の当惑を増す結果になった。その時まで私は世間の人々やその諸々の情念と触れ合うことなく生きてきた。書物で得た知識としては多少はわかっているつもりだったが、自分で現実に接するようになった時この知識はほとんど役に立たなかった。★7

ケイレブは書物の世界に熱中したように、今度は目の前にある現実世界を読みこなすことに没頭するのである。フォークランドの変貌に疑問を抱き、またホーキンス父子を犯人とする世間の判断に釈然とせず、ティレル殺しという「物語」はいまだ結末にはいたっていないと考えるのだ。

秘密による隔絶

『ケイレブ・ウィリアムズ』には十八世紀の初期ゴシック小説に見られるような、登場人物を読者が暮らす日常から物理的に隔絶する設定がほとんど存在しない。舞台は辺境や中世の異国などではなく同時代のイングランドであるし、主人公を閉じ込め囲い込むような古城や時代がかった屋敷、修道院も登場しない。ケイレブが一時牢へつながれることになるのが唯一の例だろう。この作品を通して登場人物たちを別世界に閉じ込めているのは、そうした類《たぐい》の障壁ではない。それは作中世界に生まれてしまった秘密、平明な日常のなかへと還元吸収されることなく、隠されることによって温存されてしまった異常な状況なのである。衝動からティレルを殺したフォークランドは、騎士物語に学んで築き上げてきた世評を守るため、自分の罪を隠し、冤罪を受けたホーキンス父子を見殺しにしてしまう。世間に向けてはそれで辻褄が合い、フォークランドを取り巻く日常が平明さを失うことはない。しかし自身が抱え込むことになった秘密は、フォークランドを世間があずかり知らぬ一人きりの苦悩のなかに閉じ込めてしまうのである。

一方、ケイレブの持ち前の好奇心を刺激したのも、この秘密である。ケイレブはティレル殺しがまだ閉じていない物語であることを察知し、真相を究明することによって本当の結末を見出そうという衝動、すべてを理解し納得したいという欲求に駆り立てられる。そしてとうとうフォークランドを追いつめ、自らの罪を告白させてしまう。だがここで不思議なことが起こる。明らかにされた事件の真相は、このティレル殺しという物語を締めくくりはしないのだ。そして『ケイレブ・ウィリアムズ』という物語は、この地点にいたって、まだやっと道半ばに達したにすぎないのである。

真相を告白したフォークランドはケイレブに向かい、自分の秘密を共有した以上は、決して口外は許さぬこと、また自分の手元から離れることも許さぬことを宣言する。フォークランドはケイレブという危険因子を取り除くことは考えず、かわりに秘密を共有することを選ぶのだ。ティレル殺しの動機であり、また事件の真相を隠すことによって維持されてきたティレルの誇りと体面そのものが、ケイレブを抹殺するという方法を選ぶことを許さないのである。

一方ケイレブはと言えば、フォークランドの秘密を世間に公表し告発しようとは考えない。それは証拠を用意できないこと、また身分の違いから告発がまともに取り上げられそうもないためでもあるが、それだけが理由ではない。ケイレブは告発こそ正義と考えたり、それがかなわぬ状況を悔しがるかわりに、フォークランドを自白にまで追いつめたことを後悔し、自らを咎《とが》めさえするのだ。ここで明らかになるのは、ケイレブが事件の真相に執着したのは正義をなすためではなかった、ということだ。あくまで目の前にある現実を読みこなしたいという欲求にしたがっただけなのである。このことはフォークランドの兄フォリスター会った折、「フォリスター氏は、私が研究し分析する値打ちが十分あると思った二番目の人物であり、ちょうど最初の試みを終えたところでもあって、フォークランド氏と同様に興味ある研究対象だと思われた。」などと懲りずに考えていることからもわかるだろう。★8

しかし現実は書物とは違う。その一部だけを好き勝手に拾い読みすることなどできはしない。ケイレブはフォークランドの秘密を共有したために厳しい監視と拘束を受けることになり、そしてこれを嫌って屋敷から逃げ出す羽目になる。そしてケイレブ自身が言うように、これは彼が広い世間へと踏み出す最初の一歩となるのである。しかしすぐにフォークランドのたくらみによって連れ戻され、盗みの濡れ衣を受けて拘置所へと送られてしまう。ここにいたってケイレブは初めて現実の世間を体験する。そして監獄生活をじっくりと観察し、裁判制度や法律の不備と残酷さを痛感することになるのである。一時は自殺を考えるまでに追いつめられるが、唯一残された自由を思索のなかに見いだし、自身の過去やかつて読んだ書物の記憶に遊ぶことを始める。そしてさらなる自由を獲得するために、脱獄することを決意する。こうしてケイレブは目的地のない、結末を見定めることができない旅へ踏み出すことになるのだ。

ケイレブの旅は、言わば彼にとってのグランド・ツアーだ。フォークランドが騎士物語を耽読したのちイタリアに遊んだように、ケイレブも書物に学び、さらにフォークランドという研究対象を読み込んだのちに、外の世界へと見聞を広げる旅に出たのである。ケイレブの旅は拘置所に始まり、イングランドの底辺をつたってゆく。良家の子弟が供を連れて旅したようなグランド・ツアーとは対照的にも聞こえるだろうが、実際にはそうとも言えない。なぜならグランド・ツアーは、必ずしも卒業旅行、辛い世間へ踏み出す前の最後の息抜きではなかったからだ。伝手を頼っては行く先々でご当地の名士や学識優れた人々と知り合い、有益な会話を交わすこと、外国語の実力を磨くこと、また訪れた土地の風土や産業、街の有りさまなどをつぶさに観察して記録に留めることなどが、旅を有益なものとするために強く推奨されていた。これは世に出たのちに役立つ人脈や知識の準備であり、そうした子弟たちの典型的な職種、外交や政治の世界に身を置くならば必須の予備訓練であったのである。★9

ケイレブは追っ手を逃れて転々と旅をする。ある時は森に隠れ住む盗賊団に居候し、社会体制に批判的であってもアウトロー化するだけでは何の解決にもならないことを知る。また追っ手の目をくらますために変装しては、支配階層による迫害を逃れるために、自由に生まれついたはずの自分が偽りの姿に身をやつさねばならないことを痛感する。そしてフォークランドの配下に追い立てられ、市中に暮らしながらも常にその監視下におかれたケイレブは、英国を離れることを考える。しかしそれがかなわぬと悟ったとき、フォークランドとの秘密の共有を解消するために、彼はかつての主人を告発することを決意するのである。法廷で再会したフォークランドは、秘密を抱えることで消耗し衰え切っていた。そしてその場でみずからの罪を告白し、フォークランドは自分自身とケイレブを秘密から解放するのである。

この物語から明らかになるのは、身体的拘束を逃れることはできても、秘密による拘束からは逃れられないということ、そして秘密による拘束とは、特異な事態を隠すことを迫るような、すでに確立された秩序による拘束だと言うことである。ある特異な事態を抱えたとき、登場人物は寄って立つ秩序との間に何らかの新たな関係を作り出さねばならない。その際の典型的な選択肢は三つある。一つめは秩序の前に立ち、その事態がみずからの異常さや誤りによるものだと認める方法。二つめはみずからを堅持して秩序に修正を加えることを試みる方法。三つめは異常を隠すことによって自己を偽り、秩序と自己の間に何の齟齬《そご》もないふりをするという方法である。フォークランドは最後の選択肢を選ぶことによって秘密を抱え込み、内攻することで疲弊し衰弱してゆく。一方ケイレブは、最後の最後に既存の秩序と対決し、それを更新することを選ぶのである。するとこれを契機に、フォークランドは罪を告白し、秩序を更新することを受け入れるのだ。

『ケイレブ・ウィリアムズ』の前半を事件の真相に迫る探偵の物語だとするなら、後半は見いだした真相に囲い込まれた探偵が、脱出口を探してさまよい旅をする物語だ。このことは作品出版から三十八年を経て書かれた作者による解説からも明らかである。ゴドウィンはこの作品を第三巻からさかのぼって執筆したのだが、「私は逃亡と追跡の冒険物語を考えてみようと思った。それは、追われるものは大きな災難に圧倒されることへの絶えざる恐怖に襲われ、追う方は智恵と手段を尽くして犠牲者を脅かす、という物語である。これが第三巻の構想であった。」と言う。[★10]

しかしこの旅は逆説的な機能しか果たしていない。ケイレブは転々と旅を続けながら、新たな土地で人々と言葉を交わし、その場を観察し、のちにそれを回想録に記す。しかし、これはどこにも出口がないことを確認してゆくだけの作業なのだ。出口とは秘密の解消にほかならないが、その出口を開いて探偵を救うのは、当の犯人であるフォークランドなのである。最終稿に先立って書かれた別の結末では、フォークランドは自白せず、ケイレブは獄につながれたままフォークランドの死の知らせを受け取り、毒を盛られて絶命する。しかし以上のことを考えるなら、二つの結末に見かけほどの違いがないことは明かだろう。[★11] いずれにせよ法廷での告発は、ケイレブがあらかじめ恐れていたとおり、それ自体では秘密を解消するための決定的な効力を持たない。それを可能にするのはあくまでフォークランドによる自白である。また自白によって秘密が解消され、その結果取り戻されるのは、ケイレブではなく、まずフォークランドの平明な日常にほかならない。逃避行を続けていたケイレブの絶望と閉塞感が深いのは、この物語にゴシック的な構造をもたらしているのが、ケイレブではなく、あくまでフォークランドの抱える秘密であるからだ。タイトルに始まり、この物語ではケイレブが前景化されている。しかしケイレブの働きは、単に素人探偵にして語り手のそれにすぎない。彼は好奇心に後押しされ、すでにゴシック的な歪みのなかに生きていたフォークランドの秘密に踏み込んでしまう。そしてケイレブはフォークランドの秘密に飲み込まれてしまうのだ。物語を通じてケイレブの無力感を生みだすのは、封建的な身分の違いだけではない。自分を閉じ込めている秘密が他者のものであること、秘密はその持ち主にしか解消できず、自分は傍観者にすぎないことという状況が、この作品のゴシック的な閉塞と主人公の無力感をもたらしているのである。★12

『フランケンシュタイン』

『ケイレブ・ウィリアムズ』で、主人公を旅へと追い立てたのは、好奇心、あるいは目の前にある違和感の要因を理解し、それを取り巻くより大きな世界との整合性を確認し納得したいという欲求である。主人公の探求が否応なしに物語世界を拡大し、旅はその過程での、主人公の自己像を社会的に位置づける遍歴として描かれていたことになる。しかし『フランケンシュタイン』では、旅は冒頭から作品構造の主要な部分を担うものとして使われている。それにつづく登場人物それぞれの旅も、いずれもが異なった物語的機能を担いながら、同時に呼応する十九世紀初頭の旅の諸相を描き出しているのである。★13 主要な登場人物だけでも、主人公たるヴィクター・フランケンシュタイン、その創造物である怪物、主人公の親友であるヘンリー・クラーヴァル、物語全体の語り手である探検家ロバート・ウォルトンが旅をするのだ。

『フランケンシュタイン』は、まず探検家ウォルトンが母国英国に住む姉にあてた六通の手紙から始まる。一通目は帝政ロシアの首都サンクトペテルブルグで書かれたもので、いかなる経緯で極北の海への探検航海に乗り出すにいたったかを少年期から説き起こしている。十九世紀初頭にはいまだスエズ運河（一八六九年完工）もパナマ運河（一九一三年完工）も存在せず、大西洋と太平洋を往き来するためには、南回りでアフリカ大陸南端の喜望峰、あるいは南米大陸南端のホーン岬を通過する必要があった。いずれも大回りである上に航海上の難所だったため、北極圏を経由する北回り航路の発見が念願とされていたのである。その結果発見されたのが大西洋からロシア北岸伝いにベーリング海峡へと抜ける北東航路（Northeast Passage）であり、さらに大西洋からカナダ北岸の島々の間を西進し、アラスカ北岸からベーリング海峡へといたる北西航路（Northwest Passage）である。北東航路が発見されるのは一八二三年、北西航路発見までは一八五四年まで待たねばならなかった。ウォルトンはサンクトペテルブルグで準備を進めたのち、二通目の手紙で白海に面したアルハンゲリスクから出帆すると知らせているが、この記述から、すでに毛皮交易のために確立されていたロシア北岸沿いの航路をさらに東進し、北東航路の発見を目指そうと目論んでいることがわかる。

辺境の後退

これら北極圏航路の開発は、いずれの場合も航海者の冒険的興味を別とすれば、基本的には交易の効率化を目的とする商業的なものだった。これはもちろん西欧列強よる世界進出が一段と進んだ当時の時代背景と無縁ではない。十八世紀も半ばにもなると列強によるアジア、アフリカ、中南米への進出は勢いを増し、同時に探検熱の成果を反映して、各大陸では沿岸部だけでなく内陸部もが西欧列強の経済システムへと組み込まれていった。地球上の未知の土地、未開の辺境が急速に縮小されつつあり、太平洋と大西洋をより短時間でつなごうという試みも、そうした志向を反映するものだったのである。

すでに指摘したように、ゴシック小説においては読者の日常から地理的あるいは時間的に隔絶した舞台を設定し、そこに非日常的な怪異や異常な事態を成立させることが多い。もちろんこれは十八世紀半ばに開発された手法ではなく、古くから怪異や怪物を語るために使われてきた方法のヴァリエーションにすぎない。古来、怪異や怪物は読者や聞き手の住む日常の枠組の力が届かない場所、日常と異界が接する場所に現れるものとして語られてきた。それは時として身近にある森や暗闇であり、また別の場合にはホメロスが語るような、船乗りたちが故郷から遥かに旅してたどり着く辺境だったのである。しかしかつては辺境であった土地にプランテーションや鉱山が作られ、奴隷市場が経営されるようになると、怪異や怪物が現れることのできる場所は急速に後退してゆく。これこそウォルトンが北東航路発見を目指した時代であり、その時にいたっても北極圏はいまだ手つかずのまま残された辺境の一つだったのである。

　ウォルトンがフランケンシュタインに出会うのは、こうして未知の海へと乗り出し、船が流氷に閉じ込められていたときのことだ。フランケンシュタインはみずからが作り出した怪物との決着をつけるため、スイスから遥か極地まで追跡してきたのだが、いよいよ力も尽きようとしていたところを瀕死の状態でウォルトンの船に救出されるのである。★14 そしてフランケンシュタインは、危険を顧みず新航路発見を目指すウォルトンに、かつて科学者としての野心から生命の神秘へと肉薄した自分の似姿を見出し、ここにいたるまでの自分の経緯を語り始める。『フランケンシュタイン』は、こうしてウォルトンが聞き書きしたフランケンシュタインの回想録という体裁を取っている。

旅の始まりと景色を見る旅

北極海にいたるフランケンシュタインの旅が始まったのは、十七歳で故郷ジュネーヴを離れ、勉学のためにドイツの古い大学町インゴルシュタットへと向かった時のことだ。十九世紀初頭、ジュネーヴは共和制のもと安定と繁栄を享受していたが、フランケンシュタイン家はそのなかでも有数の名家で、ヴィクター・フランケンシュタインは数々の要職を歴任してきた父のもと、平和な家庭生活をすごしてきた。外の世界へと踏み出すにあたり、フランケンシュタインはかねてからの興味にしたがって自然科学を学び、抜きん出た才能を開花させる。そして勉学の後、さらに二年のあいだ他のすべてを犠牲にした研究の結果、死体の各部を寄せ集めた人造人間に新たに生命を与えるという偉業を成し遂げるのである。しかしフランケンシュタインは自分が作り出した人造人間の醜さにたじろぎ、命を操るという神の領域に踏み込んでしまったことに恐怖して、実験室から逃げ出してしまう。そして偶然インゴルシュタットへやって来た旧友クラーヴァルに伴われ部屋へと戻った時、怪物が消え失せてしまっていることに気づくのだ。この時点から、フランケンシュタインとクラーヴァル、そして実験室からさまよい出た怪物による、三者三様の旅が始まるのである。

フランケンシュタインの旅で最初に目を引くのは、彼が六年ぶりにジュネーヴへと帰郷した折の様子だ。なかでもその描写に見られる精神状態と景色との呼応関係である。幼い末弟ウィリアムが何者かに絞殺されたことを知らされ、フランケンシュタインはクラーヴァルを残して一人ジュネーヴへと向かう。ジュネーヴに到着したのは夜で、すでに門が閉められ街には入れない。じっとしては居られぬフランケンシュタインは、暗闇のなか、ウィリアムが殺されたという場所を訪れようと決める。すると小舟で湖を渡るうちモン・ブランの頂きに雷光が見え始め、上陸する頃には嵐になっていた。

私は立ち上ると、刻々と闇が深まり嵐が吹き募るのもかわまず歩き続けたが、頭上では恐ろしい音を立てて雷光が閃いていた。雷鳴はサレーヴとジュラ山系それにサヴォワ・アルプスの間にこだまし、稲妻の凄まじい閃光が私の目をくらませ、湖を照らし渡して湖面が広く燃え上がるかのように見せたかと思うと、今度は今の閃光にやられた目が慣れるまでの間、あたりのすべては漆黒の闇に包まれたかのようだった。……私は美しくも恐ろしい嵐に目を奪われながら、足早にあたりを歩き回った。天空にくり広げられるこの高貴な戦いが私の気持ちを高揚させ、私は手をたたいて大声で叫んだ、「ウィリアム、私の天使！　これがお前の弔いだ、これがお前のための挽歌だ！」★15

嵐が激しさを増すごとに、フランケンシュタインの怒りと嘆きも、それに呼応するように激しいものになって行く。そしてフランケンシュタインの心情と彼を取り巻く嵐は共鳴し合うかのように高まり、見分けのつかないものになってゆくのである。フランケンシュタインの精神状態は、彼を取り巻く光景にみずからの表象となるものを見出し、またそれを目にすることでさらに激しいものになってゆくのだ。

この湖畔の嵐のなかで、フランケンシュタインは自分が作り出した怪物の姿を目撃し、それがウィリアムを殺したのだと直感する。しかし自分が怪物を作り出したことを世に明かすことができず、濡れ衣で処刑される召使いジュスティヌを見殺しにしてしまう。こうして二重に秘密を抱え込んだフランケンシュタインは、『ケイレブ・ウィリアムズ』のフォークランドを思い出させるような憂鬱にとりつかれてしまうのである。そして心配した父の提案で、気分転換のためにシャモニへと家族旅行に出かけることになる。フランケンシュタインはジュネーヴ帰省の直前にも、クラーヴァルの提案で徒歩旅行に出かけているが、これらの旅は言わば景色の変化に効果を期待した転地療法であり、風景と精神状態の呼応関係を前提としている。そのメカニズムは湖畔の嵐のなか、それと呼応するように精神が高揚し荒れ狂ったときと変わらない。

このメカニズムが特によくわかるのは、旅行中に悪天候のなか、氷河を見ようとモンタンヴェールへと足を伸ばす場面だ。以前訪れた時の経験から、フランケンシュタインは荘厳（magnificent）で崇高（sublime）な景色が大いに慰めになるだろうと期待する。

初めてその景色を見たとき、私は崇高な法悦で満たされ、魂が翼を得て薄闇に包まれた世界から光明と歓喜のなかへ舞い上がるようだった。畏怖を呼び起こすような自然の雄大な姿は、いつでも私の心に厳粛な気持ちを呼び起こし、浮世の心配事を一時忘れさせてくれる。★16

そして雄大な景色のなかに一人で立つことによる感動を損なわないようにと、同行の家族をはなれ単独行動することを決めるのである。これは景色を感情操作のための装置として意図して使うということであり、感興を得るために景色を見に行こうという狭義の観光（sightseeing）にほかならない。★17

己の心情と目に映る景色とを重ね合わせることによって自己確認し、同時にそれによって心情の働きを増幅する。これはケイレブ・ウィリアムズの逃避行には見られなかった意図であり、またおそらくはフォークランドのグランド・ツアーでも、そういったことはなかっただろう。手つかずの自然の景色にみずからの心情の表象を見いだすという行為は、ロマン主義以降に多用されるようになったものであり、それによって旅の目的の一つに景色を眺め、そのなかに身を置いて感動するという営為が加えられたのだ。★18

エンクロージャーと景観改良

またこの時代、さまざまな景色のなかでも手つかずの自然、特に畏怖の念を呼び起こすような崇高で荘厳（sublime）なものが好んで取り上げられるようになる。これはすでに述べたような、大航海時代ののち列強の経済圏がさらに世界全体へと広がり、地上から未知の土地が失われていったことと無関係ではない。何より効率的に収益を上げようという視線は、海の向こうの辺境にばかり向けられていたわけではなかった。

功利的な視線は国内にも向けられ、エンクロージャー（農地囲い込み）を加速したのである。この傾向は一七五〇年代に強まり、一七六〇年代になると議会の制定法による大規模なエンクロージャーが行われるようになる。こうした議会エンクロージャーは、十七世紀以来行われてきた関係土地所有者による協議や多数決ではなく、その所有面積の多寡によって正否を決めるものであった。また法に基づくものであるから強制力を備えていた。そしてこの流れは十九世紀末まで続く。エンクロージャーが進むにつれ、旧来の大地主と農民の間に見られたような父親的温情主義は後退し、効率を重視した農地の経営管理が広がった。そして英国農業のなかに大土地所有者、資本家的大経営者、農業労働者の三つの階層が形成され、これに伴って多くの農民が故郷を離れ、都市へ出て労働者となる。農地の囲い込みは英国の社会構造に大きな変化をもたらし、そして英国の風景にも大きな変化をもたらしたのである。エンクロージャーとそれに伴う農地改良は、それまでの農地の姿を変えただけでなく、手つかずのまま放置されてきた荒地さえも農地へと転換することによって、英国の田園風景全体を大きく変貌させてゆく。[★19] そしてこうした景観の「改良」は農地のみにとどまらず、庭園や宅地などさらに広範に及ぶものであった。ケイレブ・ウィリアムズが旅したのは、正にこうした時代、こうした風景のなかだったのである。

このような風景の変貌とその背後にある社会の変化は当然反動を生み、古き良き英国への志向を呼び起こすこととなる。[★20] 従来あまり顧みられることのなかった自然のままの風景への嗜好が生まれ、功利主義的な改良を受けた農地の景色や新古典主義的な秩序と均整に支配された庭園ではなく、自然のままの景色、あるいは自然の様子を意図的に模倣し演出した風景式庭園(landscape garden)が人々の関心を呼ぶようになる。また文学においても、十八世紀半ばにはトマス・グレイ(Thomas Gray)をはじめとする墓場詩人(graveyard poets)のように、葬儀や墓地といった異様な光景を取り上げ、死をめぐる内省的な作品を書く者たちが登場する。当人でも説明しかねるような情動を映し出してくれる光景への嗜好が生まれたのである。このような風景へ新たな視線は、時代を同じくするゴシック小説にも影響を与え、のちのロマン主義へと続く先駆けとなる。

旅の同行者たち

では多くの旅でフランケンシュタインに同行しているヘンリー・クラーヴァルの旅とはどのようなものだろうか。クラーヴァルはインゴルシュタットにフランケンシュタインを訪ねたとき、父親から勉学のために旅に出る許しを得るのにどれほど苦労したかを語っている。クラーヴァルの父はジュネーヴの商人で、商人は算盤《そろばん》勘定以外のことを知らない方がよい、商売にはそれで何の差し支えもない、と公言する人物だ。息子のたっての願いにほだされて、やっと「知識の地へと発見の航海へ出ることを許した」のである。★21 クラーヴァルはインゴルシュタットに着くとさっそく外国語の勉強を始め、またフランケンシュタインに同行した旅の先々では、友人を差し置いて土地の名士や学識ある人々との交流に積極的だ。クラーヴァルの旅は、新たにその余力を得た市民階層の子弟によって、正しく行われた昔ながらのグランド・ツアー、観光旅行成立以前の旅なのである。

一方、怪物の経験する旅は、ここまでに取り上げてきた三人、ウォルトン、フランケンシュタイン、クラーヴァルの旅とは二つの点で異質だ。まずこの旅は、フランケンシュタインがシャモニ旅行で怪物に遭遇した折に聞かされた回想という設定である。したがってウォルトンがフランケンシュタインから聞かされた他のエピソードよりもさらに一段深い入れ子構造になっている。また怪物が語る旅とは、彼が実験室で命を得て、生まれたばかりの赤子も同様に、まだ目もよく見えず意識は朦朧《もうろう》とした状態で外の世界へとさまよい出るところから始まる。つまり怪物の旅の物語は、言わば生まれ落ちた瞬間に始まる教養小説という体裁を取っている。またその旅の過程、つまり成長の道筋については、『エミール』(*Émile*, 1762) を始めとするルソーの著作からの影響も見て取ることができるだろう。

フランケンシュタインが怪物に遭遇し、その旅の物語を聞かされるのは、氷河とモンタンヴェールを前景とし、背後にそびえ立つモン・ブランを眺め、その偉容に心を打たれていたときのことである。それ以前の遭遇はと言えば、前述したレマン湖畔の嵐のなかでのことであり、またこれにつづく遭遇場面は、怪物に伴侶となる怪物を作ることを求められたフランケンシュタインが、それにふさわしい場所として選んだオークニー諸島最北端の荒涼たる孤島と、エリザベスが殺害される婚礼の夜、突然激しい嵐に襲われたレマン湖畔のエヴィアンに設定されている。つまり怪物がみずから語った回想譚を例外として、『フランケンシュタイン』の大部分では、怪物の旅の過程が直接描かれることはない。フランケンシュタインの旅に、怪物が影のように同道しているであろうことが、たび重なる遭遇の場面を通して暗示されるだけなのだ。フランケンシュタインが旅の途中で“sublime”な光景に遭遇し、それに強く感応したとき、怪物ははじめてその姿を現すのである。フランケンシュタインと怪物は、普段はまったく交わることがない。しかしフランケンシュタインがかろうじて維持している日常は、普段は目に触れることのない怪物という非日常の存在によって逆説的に支えられている。そしてこの二つの結びつきを露わにするのが、フランケンシュタインの精神を日常から解き放つことのできる風景であり、そうした場所への旅なのである。

旅の終わりと秘密の解消

『フランケンシュタイン』の結末では、フランケンシュタイン、怪物、そしてウォルトンら三人の旅が、北極海で交差し幕を閉じる。フランケンシュタインは怪物を捕らえるまであと一歩というところで力尽き、ウォルトンにすべての秘密を語り終えて絶命する。怪物は自分の創造主が死んだことを知ると、みずからの死を予言して、闇に包まれた北極の氷原へと消えて行く。そしてフランケンシュタインの極地にいたるまでの道程を知ったウォルトンは、みずからの探検を諦め、乗組員の諫言を受け入れて引き返すことを決めるのである。すでに述べたように、古くから辺境とは日常と異界、日常と非日常が接する場所であり、怪異や怪物が姿を現し、また消えてゆく場所である。この極北の海もまさにそうした場所であり、怪物は彼方へと姿を消し、フランケンシュタインの亡骸《なきがら》とウォルトンは日常の側に留まるのだ。そして怪物とフランケンシュタインの双方が退場したことによって、この物語を支えてきた秘密もその意味を失う。ウォルトンが書き留めた物語だけが残り、あとは何もなかったかのように、平明な日常がふたたびその場所を取り戻すことになるのである。

これは『ケイレブ・ウィリアムズ』の結末でも同様だ。前述したように、法廷でフォークランドが真実を自白することにより、物語を成立させていた秘密は消滅する。すると秘密を生むことによって作品のゴシック的構造を支配していたフォークランドも、その影響力を失い物語から退場して行く。ここでもあとに残るのは、秘密というくびきを解かれたケイレブと、彼が書き留めた物語である。

両作品のように、ゴシック小説においては多くの場合、非日常的な事態、怪異や怪物などは結末で消滅し、もと通りの日常が戻る。つまり原則として原状への復帰が前提である。これはゴシック小説の末裔でもある推理小説で、事件解決と原状復帰が物語の終着点となることと変わらない。推理小説でも、時に怪異とも見えた事件が解決されれば世間には以前と同じ日常が戻り、残されるのは事件簿たる物語のみだ。ゴシック小説がこうした構造を持つのは、それが当の日常をこそ是とする物語、揺らぎつつある日常を、非日常を克服することによって再確認しようとする物語だからである。

しかし日常を回復する道のりは単純ではない。非日常や怪異が秘密という形で導入されている場合には、主人公たちは古典的な初期ゴシック小説にあるような空間的あるいは時間的束縛を逃れ、一見読者と同じ時代の日常のなかを奔走し、さらには遠く旅をすることもできる。しかし非日常からの出口は、どこかへ行けば見つかるというものではない。日常の枠組みが非日常や怪異を受け入れず、当事者に秘密として抱え込むことを迫った以上、当の日常と新たに何らかの折り合いを付ける以外に、主人公達は秘密を秘密でなくすことなどできはしないのである。だからこそ、ここで取り上げた二作品においては、旅とはかならずしも目的地を目指すものではない。それはさまざまな土地を通過し、さまざまな経験を重ねることによって、自己と日常の枠組みとの位置関係を探り、再調整を行うための試行錯誤に他ならない。それゆえ秘密を共有する登場人物が多いほど、そして旅を強いられる者が多いほど、秘密という非日常を核に据えた上で、作品のゴシック的構造は幾何級数的に複雑化し、ひいては多様な解釈を許すことになる。『ケイレブ・

ウィリアムズ』と『フランケンシュタイン』、特に後者が単なる古典として存在するのではなく、現在にいたるまで新たな「ゴシック」的物語を生み出し続けているのは、多様な旅、日常への多様な探索を許すゴシック的構造をこの作品が内包しているからなのである。

第2章 ユートピアと怪物

ありえない場所とありえないモノ

ユートピア

ユートピアと言えば、これがサー・トマス・モア（Sir Thomas More）によって一五一六年に書かれた物語『ユートピア』（*Utopia*）に由来すること、そして「存在しない場所」という意味の造語であることはよく知られている。ユートピアすなわち理想郷とは、つまりは「ありえない場所」のことなのである。一方、ゴシック的な物語の系譜を考える上で見逃すことが出来ないのが、十九世紀にさまざまな形で前景化し、その後現在にいたるまで影響を色濃く残す怪物たちの存在だろう。怪物とは得体の知れない不可思議な生き物のことだが、これもまた「ありえない存在」にほかならない。ユートピアと怪物、この二つには一見して何の関連もないようだが、そのじつ物語における両者の働きには大きく通底するものがある。それを支えているのが、「ありえない」という特質に他ならない。そしてこの「ありえない」あるいは「あってはならない」という特質こそが、多くのゴシック的な物語が成立する上で大きな役割を担っているのである。

『ユートピア』という物語は、モアが友人によって風変わりな男に引き合わされることから始まる。この男はモアに世界中を旅した冒険譚を聞かせるのだが、なかでも聞き手と語り手の熱意と興味が一致したのが、「立派な法令が施行されており、人々はその下で秩序整然とした、よき市民生活を営んでいる」[★22]というある共和国の話だった。海の彼方にあるというこの島国の名こそがユートピアであり、『ユートピア』は、それに関する聞き書きを一冊の書物として著した物語、という体裁を取っている。

モアは、冒険譚のなかでも特にユートピアに興味を引かれたわけを、「妖怪変化の類については、別に珍しいしろものでもないので、われわれはとりたてて訊いてみる気もしなかった。（……）ところがこれに反して、公明正大な法律によって治められている国民、となると、これくらい世にも珍しく、また見つけるに困難なものはないのである。」[★23]と説明する。つまるところは、存在しようもない架空の理想世界を描き、モアと読者が暮らす「今いるこの場所」の欠点を指摘糾弾しようというのが、『ユートピア』という物語の意図である。しかしこの理想郷は、決して楽園や彼岸の地として描かれているわけではない。一読すれば明らかなように、存在しうるとすれば同じ地上にあるはずのもの、「今いるこの場所」の延長上に位置するものとして描かれている。つまりユートピアとは、社会体制の現状への挑発であり、シニカルな言葉によって遙か彼方に描き出された到達目標に他ならない。この架空の共和国は、その存在によって「今いるこの場所」の実態を露《あら》わにし、同時に克服すべき課題を差し出すのである。

怪物の居場所

一方、モアに「別に珍しいものでもない」と切り捨てられた妖怪変化も、その成り立ちと働きに、ユートピアと共通するものを持っている。ここでモアがいう妖怪変化とは、『オデュッセイア』や『アエネイス』のなかで主人公らが遭遇する怪物などのことであり、戦士や冒険者たちが平穏に暮らしていた故郷を離れ、遙か辺境を旅して遭遇する異形のものたちを指す。こうした想像上の生き物である怪物は、ユートピアと同様に、遙か彼方にあることによってわれわれの日常を露わにする、という機能を持っている。

怪物たちはいずれも異常さこそが主たる特質であり、その異常さと非日常性によって、異常さの判定基準となる日常を浮き彫りにし、明確な形で規定し直す、という働きを持つ。このことは怪物の棲む場所が往々にして人知の及ぶ領域のすぐ外側に設定され、日常が支配するの領域の外縁を形成していたことからもわかるだろう。西欧においては十六世紀にいたるまで、インドは不可思議な形をした異形の生き物、怪物の棲む場所と想像されていた。しかしルネサンス期以降、インドは富をもたらす交易先となり、宝石や香辛料を産出する豊かな土地とみなされるようになる。すると今度は、未知のアフリカ大陸が、典型的な怪物の棲み家とされるようになるのである。★24怪物が棲む場所は、常にその時代の日常世界がおよぶ領域から逆算されるのだ。

したがって怪物の居場所は、怪物というフィクションが生み出される時代、そして地域の文脈に応じて、さまざまな形態を取る。十九世紀も末、一八九七年に出版されたブラム・ストーカーによる『吸血鬼ドラキュラ』では、ドラキュラ伯爵は西欧から見れば欧州の辺境、文化もそろそろ果てようとするトランシルヴァニア（架空の地名、現ルーマニアあたり）の居城に潜む怪物として描かれている。この物語は、その怪物が西欧文明の中心の一つであるロンドンへと進出し、吸血という呪いを伝染させようと野心を抱くことに始まる。そしてその怪物が人間に追われてトランシルヴァニアへと逃げ戻り、居城を目前に退治されることをもって、この作品は幕を閉じるのである。

これは日常世界の外縁に潜んでいるべき怪物が、日常へと侵出してきた場合の、ほとんど唯一無二の結末であると言ってよい。なぜなら、怪物とは遙か彼方に存在することによって日常世界の枠組みを外から支えるものであり、万が一にも日常に紛れ込んできた場合には、何らかの形で排除されなければならないからだ。日常と接触してしまった場合には、怪物は排除されることによってわれわれの世界の回復力と安定性を示すという逆説的な機能を担う。したがって、日常世界に何らかの不安要因がある時、それは往々にして怪物という具体的な姿を与えられ、そして退治、あるいは追放される。怪物とは、われわれの日常はいまだ余力十分であり、そのような不安など十分に克服可能なことを示す、という働きを持つのである。[★25]

しかし怪物が日常世界に出現するのは、何かの拍子に辺境からやってくる場合だけではない。日常自体のなかから、突如わき上がるように出現する怪物も存在する。かつて障碍をもって生まれた赤子や、同様の異常を持った家畜などが、日常世界のなかに出現した特異な状況として、ある種の怪物とみなされた時代が存在した。[★26] 当然、辺境に棲むと言い伝えられる怪物だけでなく、このように日常に浮上してくる異常事態、怪物たちも、日常世界が克服すべき課題となる。そしてその典型的な対処法が、異常事態を日常世界の言葉で表現し説明してみせる、というものである。たとえば異形の赤子や家畜もまた神の力のなすところであり、人間の知識と理解の枠組み、つまり日常世界の枠組みなど遙かに超越した神の偉大さを人に示すための徴《しるし》なのである、と解釈する。あるいは、こうした異常事態は人間の行いに対する神の怒りの徴なのだと考える。いずれにせよ、異常事態は理解可能な日常の言葉に還元され、日常世界へと無事取り込まれてしまうのだ。怪物という概念自体にこうした機能があることは、“monster”という言葉の原義が「神聖な予兆や警告」であることを見ても明らかである。

一方、現代においては想像上の怪物も、その多くが日常のなかへと直接出現する。これには、かつて怪物達の棲み家であった辺境が、地上から事実上消滅してしまったことが大きく影響しているだろう。今やアフリカや南米の奥地、あるいは極地にも、仕事や観光で出かけることが珍しくない時代であり、そうした場所に踏み込んでも、普段暮らしていた日常世界との間に連絡が途絶えるということもない。もはや地上には、日常世界と辺境をへだてる明らかな境界線など存在しない。その結果、怪物たちが棲むべき辺境は、事実上地図の上から消滅してしまった。怪物が登場する映画や小説の多くが、深海や宇宙空間に舞台をおくのも、理由がないことではないのだ。日常が途絶えたその先にある辺境は、もはやそうした場所以外に想定することが困難なのである。

しかしわれわれの世界からすべての不安が払拭されない以上、怪物への需要は常に存在する。そしてもはや地上に未開の辺境が存在しない以上、怪物たちは何らかの方法で日常世界のただなかへと潜り込まなければならない。そのもっともわかりやすい例が、日常世界のなかに、何らかの別次元を設定し、怪物たちをそこに潜ませる、という物語である。都市の地下に張りめぐらされた下水道網に怪物が潜む、あるいは一見平和な共同体、郊外の住宅地や都市部の集合住宅の住民のなかに、超自然的な力をあやつる悪魔崇拝の集団が隠れているといった設定は、その典型例である。[★27] また一個人の内面に理解不能な異常さを設定し、外見上正常な人間に怪物性を与える、という例も多い。つまり多重人格者やサイコパスを怪物と見なす作品群である。[★28] 辺境が失われるにつれ、不安の具現化である怪物はその居場所を次第に日常の影の部分へと移し、ついには人間のなかへとその出現の場を変えるのである。

怪物の三類型

現在さまざまなメディア、たとえば文学、映画、テレビ・ドラマ、コミックスなどに登場する怪物の類型は、大きく三つに分類することができる。[★29] まずは吸血鬼。これは不死という呪いを受けて異形の怪物となった者たちで、もはや生者ではなく、しかし死者ともなれず、そうしたみずからの存在を支えるために生命力の象徴たる血液を必要とする。そして多くの物語では、吸血によりその呪いを伝染させ、さらに怪物を増殖させるという特質を与えられている。次に人狼。これは人間ならざるものへと変身するが、人へと戻ることもでき、二つの状態の間を往き来する怪物である。そして、フランケンシュタインの怪物。これは人間が傲慢にも身に合わぬ野心を抱き、その結果生み出してしまう怪物。フランケンシュタインの怪物は、その名の通り科学者フランケンシュタインが作り出したものだが、往々にして単に「フランケンシュタイン」とも呼ばれる。★30しかし本来はそれ自身の名前を持たない。つまりこの怪物は、人には名を与えることさえできない、人間が不用意にも踏み込んでしまった未知の領域の圧倒的な力、という側面も持っている。

これら吸血鬼、人狼、フランケンシュタインの怪物という三つのステレオタイプは、一九三〇年代以来アメリカ映画によって多用されることによって確立され、現在にいたるまでその命脈を保っている。★31なかでも吸血鬼は文学や映画に留まらずさまざまなメディアの創作物に姿を見せ、また呪いを伝染させる怪物の派生形として、悪疫の脅威などのヴァリエーションを生んだが、これはゴシック小説以前より存在した吸血鬼伝承と疫病との密接な結びつきに起源を見いだすこともできるだろう。フランケンシュタインの怪物も同様である。傲りにみちた人間が野心のあまり引き起こす災厄は、テクノロジーの高度な発達、それに続く環境意識の高まりによって、多くの作品のテーマとなっている。★32そして人狼の類型、人間が一時的に異形のものへと変身するという怪物も、多くの作品に見いだすことができる。すでに述べたように、一見何の変哲もない人物のうちに怪物的な人格が隠れているという類型もその一例と考えてよいだろう。

人間が人の姿を残したままで怪物となるという類型は、近年よく見られる多重人格者やサイコパスの登場を待つまでもなく、物語の歴史のなかに多くの例を見いだすことができる。ロバート・ルイス・スティーヴンソンの『ジキル博士とハイド氏』（一八八六）もその一つだ。これは人格者として知られる高名な科学者ジキル博士が、自らの抑圧されてきた内面を解放する薬物を発明し、これを服用することによって野蛮で獣じみたハイドへと、人格だけでなく肉体的にも変身する、という物語である。当初は二つの人格の間を往き来していたものの、次第にハイドの人格が優勢となり、本来の人格であるジキルが追い詰められてゆくさまが描かれる。これはまさに、人狼型の類型をもとに、十九世紀末のヴィクトリア朝英国のモラルと、そのモラルの寄って立つ基盤が自然科学の急速な発達によって影響を受けた時代に、その文脈のなかで作り出された物語である。

さらに歴史をさかのぼるなら、人狼の類型は何らかの憑きものという形を取ることが多い。そもそも中世以来の人狼伝承は、狼憑きに大きな関連を持つと考えられるし、また狼憑きを意味する言葉"lycanthrope"自体、十九世紀には人狼（werewolf）としばしば混同されるようになっている。★33 こうした憑き物は、人間が怪物へと変身してしまう原因を、外から働きかける力、何らかの邪悪な存在の影響に帰する。「マルコの福音書」第五章冒頭は、そうした憑きもののなかでも最もよく知られた例だろう。この一節では、イエスがゲラサ人の地を訪れると、墓場に住み着いた「汚れた霊に憑かれた人」★34 に出迎えられる。人々はその男を鎖や足かせでつなぎ止めようとしてきたが、彼はそれらを引きちぎり、昼夜なく叫んでは自分の身体を傷つけていた。イエスが名を尋ねると、その男は「私の名はレギオンです。私たちは大ぜいですから。」と答える。するとイエスはその霊を男から追い出し、山で飼われていた豚の群へと乗り移らせる。そして二千頭の豚は群をなして山を駆け下り、崖から湖へと飛び込んで溺死する。かくして悪霊は祓われるのである。

『エクソシスト』

時代は下り一九七一年、アメリカで出版されたウィリアム・ピーター・ブラッティ（William Peter Blatty）による小説『エクソシスト』（*Exorcist*, 1971）も、これと同様な憑きもの祓いのプロセスを描いた物語である。よく知られた小説であるが、憑きもの、あるいは怪物一般が物語においてどのような機能を担うのかを、その物語が成立した時代の文脈のなかで明らかにしている点で、特に典型的な作品だと言えるだろう。怪物という極めて古い文学的仕組みが十九世紀ゴシック小説で前景化したのち、二十世紀後半において取りえた姿を明確に見せてくれる。

『エクソシスト』は、憑きものによって怪物へと変わってしまった幼い娘と、その母親の物語である。著名な女優クリス・マクニールは映画撮影のため、十二歳の一人娘リーガンとともにワシントンDCの高級住宅地ジョージタウンに滞在している。すると夜ごと屋根裏から不思議な物音が聞こえるようになり、それを先触れとして、リーガンのまわりに次々と怪異な現象が起こりはじめる。そうするうち、ついにはリーガンの人格と容貌が邪悪で醜悪なものへと変容してしまう。クリスはまず脳神経科医、さらに精神科医の診断を仰ぐが、いずれの手にも負えず、医師団の助言にしたがって、リーガンにカトリック教会による悪魔祓いを受けさせることになる。そして教会はメリン神父とカラス神父の二人を悪魔祓い師（エクソシスト）に任命し、この少女をゆだねることを決めるのである。その悪魔払いの展開は、先に引用した「マルコ福音書」の一節をなぞっている。メリン神父が悪魔祓いの最中に持病の心臓病で急死すると、激昂したカラス神父は悪霊を挑発し、自分へと乗り移らせた上で窓から身を投げる。そして悪霊をみずからの内に閉じ込めたまま他界するのである。

この悪魔憑きと悪魔祓いの小説は、出版当時大きな話題を呼び、長きにわたってベストセラーリストの上位を独占した。一九七一年通年では Arthur Hailey の *Wheels* に続いてフィクション部門二位となり、またニューヨーク・タイムズのベストセラーリスト内に五十五週間にわたって留まっている。そして一九七五年までに、アメリカ国内だけで二千万部以上を売り上げたのである。一九七三年には原作者による脚本、ウィリアム・フリードキン（William Friedkin）の監督で映画化され、アカデミー賞を二部門、ゴールデン・グローブ賞を四部門で受賞し、世界的にセンセーシ

ョナルな反響を呼んだ。この映画版は、一九九八年までに全世界で三億ドルを超える興行収入を上げている。★35

小説と映画いずれにおいても、物語は主たる舞台である米国ジョージタウンではなく、イラク北部の遺跡発掘現場で始まる。★36 後に悪魔祓いをすることになる老神父メリンは考古学者でもあり、イエズス会から派遣されて発掘作業に当たっている、という設定である。そこで神父は、かつてアフリカで悪魔祓いを行い、その時うち負かした悪霊パズズ（Pazuzu）と、再び対決する日が近いことを予感する。一九七一年当時のイラクといえば、まだ一般のアメリカ人にとっては物理的な距離以上にはるかに遠い国であっただろう。一九七三年の第四次中東戦争に端を発し、アラブ石油輸出機構は米国を始めとするイスラエル支持国に対し石油禁輸を決定、またこれと前後して原油生産の段階的削減や原油価格の約四倍引き上げを行った。第一次石油危機である。これ以前、ペルシア湾岸の国々が一般の人々の意識に上ることは多くはなかったことは容易に想像できる。これもまた遺跡発掘現場とは、そこに埋もれた遠い過去が現在と交錯する場所である。つまりこの作品の怪物は、古くからの類型そのままに、地理的かつ時間的に日常世界から遠く離れた辺境、日常と非日常とが接する場所に端を発しているのだ。メリン神父は、自分の属する日常世界の外縁に立ち、そのすぐ向こうに怪物の気配を感じ取り、それと対峙する覚悟をするのである。

パズズとはとはメソポタミア神話における風の悪霊だが、『エクソシスト』では単に古代の異教に由来する邪悪な存在として描かれている。そのパズズが何の前触れも脈絡もなく、ジョージタウンというアメリカの首都ワシントンＤＣにある高級住宅地に出現する。しかしその姿が目撃されるわけではない。またパズズの存在自体、そしてその意図が推し量られるのは、しばしの時をへてからの話だ。当初、登場人物達には何がやって来たのか、そもそも何が起こっているのか、皆目見当がつかない。昨日までは純真で快活だった少女が粗暴で不可解な言動を見せ、容貌もまた不気味なものへと変化してしまう。周囲の人々はそのさまを前にして、狼狽するばかりである。登場人物たちは、誰一人として事態を把握することすらできない。彼らの日常の尺度には収まりきらない出来事を目の前にして、ただ慌てふためくのだ。

『エクソシスト』において特に興味深いのは、このような状況をへてリーガンに起こった怪異が悪魔憑きであると認識されるまでのプロセスである。物語は老いたエクソシストの次なる対決の予感で始まり、悪魔祓いの成功で幕を閉じる。しかしその経緯の多くの部分が、リーガンに異変が起こり、その解決のために悪魔祓いという手段が選ばれるまでの過程を延々と描くことに費やされるのだ。娘の異変を解決しようと、母親クリスは現代医学に救いの手を求める。そして主治医の勧めにしたがい、まずは娘に脳神経科の診断を受けさせるが、予想された脳の異常は見つからない。そこでリーガンは精神科医達の手にゆだねられる。しかし結局、精神科の医師団もその病状に匙《さじ》を投げ、最後の手段としてカトリックの悪魔祓いを試すことを勧めるのである。つまりリーガンの異常は家庭という日常の枠組みのなかでは解決できず、次に医学という枠組みのなかで、まずは身体を扱う医学、次に精神を扱う医学によって解決が試みられる。しかしそこでも打開策は見つからず、日常の枠を越えた悪魔祓い師の手にゆだねられることになるのだ。

だからといって、医師たちは超自然的な解決策を示唆しているわけではない。この助言に当たっての医師団の説明に、現代における悪魔祓いへの合理的理解の一例を見て取ることができる。いわく、悪魔祓いとは長い歴史を持ち、高度に洗練され確立されてきた暗示療法であり、患者が悪魔憑きという形の自己暗示にかかっている場合には、特に効果を期待できる、というのだ。これはその外見から一般に悪魔憑きと呼ばれる現象の存在、及びそれに対する悪魔祓いの有効性を認めた上で、双方を現代医学の言葉で説明しているのである。つまりは悪魔憑き、悪魔祓いを医学の枠組みのなかに位置づけることにより、医学もその一部を構成する日常世界のなかへと取り込もうという態度にほかならない。

医師らの助言にしたがい、クリスは悪魔祓いの相談をカラス神父へと持ち込む。しかしカラス神父はカトリック教会のうちにありながら、現代的な「常識」を持つ人間として設定されている。彼はイエズス会に派遣されてハーヴァード大学とジョンズ・ホプキンス大学にて精神医学を学び、医師の資格を得たという経歴を持つ。つまりカラス神父とは、教会がその領分である精神の領域において、信仰の外側にある現代医学との接点とすべく教育と訓練を受けさせた者なのである。

しかし彼自身は、そうした境遇のなかで信仰への確信を失い、母を亡くしたことを契機に教会を去ることとさえ考えるにいたる。

カラス神父はこうした人物であるから、クリスから悪魔祓いの相談を持ち込まれても、まともに取り合おうとはしない。あくまで精神科医としての立場からリーガンの病状を観察し、クリスをいさめて医学的な治療を続けさせようと試みる。そしてリーガンが悪魔憑きの証拠とされる兆候を示し、習得したことのない言語を話し、聖水などに拒絶反応を示すと、いまだ釈然としないまま、やっと司教に悪魔祓いの実施を願い出るのである。悪魔憑き、そして悪魔祓いに対するこうした反応は、なにもカラス神父個人を際立たせる独自な特徴ではない。これは七〇年代初頭の、また現代におけるカトリック教会全体の悪魔祓いに対する態度を象徴している。元ローマ教皇庁立聖書研究所教授であるマラカイ・マーティンは、著書『悪魔の人質』一九九二年版の前書きにおいて、アメリカ合衆国にエクソシストを持つ教区は存在しないとしている。なぜなら悪魔憑きと悪魔祓いは教会指導部によって過去の遺物とみなされており、それゆえ教会の現代化が討議された第二ヴァチカン公会議(一九六二～五)を受けて叙階式の内容が改訂され、いにしえよりその一部であったエクソシストの秘蹟が省かれてしまったからだ、というのだ。[★37] つまり、カラス神父の反応こそが、現代カトリック教会がその一員に期待する悪魔祓いへの態度そのものなのである。

悪魔祓い

悪魔祓いは依然としてカトリック教会の活動の一部ではあるものの、アメリカの例のように実態においては休止状態に近い。その稀な例外がイタリアである。イタリアには教会から正式な任命を受けて活動するエクソシストが存在し、みずからが著名なエクソシストであるアモルス神父によるなら、国内のみならず、エクソシストが事実上存在しないヨーロッパ諸国からの需要を満たしている。★38 またイタリアのエクソシストたちは、活動に際して教会の方針にのっとり、医師との分業を行う。つまり悪魔憑きの疑いのある事例に接した場合、明確な基準による判別を行い、多くの場合は精神障害と判定して医師にその治療をまかせるのである。その結果、エクソシストが実際に悪魔祓いを行う事例はごく少数となり、持ち込まれる件数の数パーセントにすぎないとされる。★39

島田奈津氏はアモルス神父と協力関係にある心理学者にインタビューを行い、じつに興味深い発言を引き出している。★40 それによれば、患者のほとんどは心理学者よりもエクソシストによる対応を望むというのだ。なぜなら、心理学者のカウンセリングを受けることは、個人として何らかの欠陥を持つことを認めることになるが、一方、悪魔祓いを受けるのであれば、その症状は文化的に保証された別の次元に分類されることになる。つまり患者は症状ゆえに差別化されず、その症状の意味するものは患者自身ではなく社会に由来するものとなる、というのである。もちろんこれは、悪魔に取り憑かれた人間の言動はすべて悪魔に帰すべきものであり、その人物には何の咎《とが》もない、という教会の考え方が前提となっている。★41

この考察は、小説『エクソシスト』に描かれた一場面を思い起こさせる。そのなかで二人のエクソシストは、悪魔祓いの合間にリーガンの部屋を離れ、階段に腰掛けてほんの一時の休息をとる。★42 そしてカラス神父はメリン神父に向かい、なぜ悪魔はあのような少女に取り憑いたりするのか、いったい何を目的としているのか、と問いかけるのである。それに対する答は次のようなものだ。

目当ては取り憑かれた少女ではない。狙われているのは私たち、まわりで見ている者たち、この家にいるすべての人々なのだよ。デイミアン［カラス神父］、私が思うに、狙いはわれわれを絶望させること、われわれに人間性というものを疑わせることにあるのだ。われわれがまったく獣と変わらぬ存在、下劣で腐りきったもの、威厳など持ちあわせず、醜悪で、何の価値もない存在だと思わせようとしているのだ。★43

このメリン神父の解釈にしたがうなら、悪魔憑きの対象選択は往々にして恣意的、憑いた相手に被害を与えることが目的ではなく、周囲に脅威を与えて平安と安定を破り、その基盤となっている秩序を動揺させること、そしてみずからの力を誇示することにこそ目的があるということになる。つまり悪魔憑きは極めて社会的なもの、一種のテロルであるのだ。教会にとって悪魔憑きとは、信仰を土台とする教会の秩序に対するテロルであり、ゆえにしかるべく対応することを迫られる。それが悪魔祓いなのである。

『エクソシスト』のなかで、医師団とイエズス会それぞれが悪魔祓いのなかに見いだしているものは、まったく対照的である。しかし、いずれの立場を取るにせよ、悪魔祓いが有効たりうるという認識は共通している。そしていずれのとらえ方においても、悪魔祓いを有効たらしめているメカニズムも、また共通しているのである。そしてこのメカニズムは悪魔憑きに限らず、怪物一般を退治し、日常のなかに突出した異常事態一般を収束させるための典型的な方法でもある。

怪物を退治し、異常事態を収めるためには、まずその事態を理解し、対峙すべき相手が何なのかを見極めなければならない。その上でしかるべき対応策を選び、解決を図ることになる。リーガンの異変を前にして、医師団はそこに通常の治療では対応できないほど強い自己暗示を見いだした。カラス神父は渋々ながら、それを文字通りの悪魔憑きであると判定する。医師団は現代医学の枠組みのなかにリーガンの状態を位置づけ、カラス神父はカトリック教会の枠組みのなかで同じことを行う。両者はそれぞれの背負う秩序のなかに、その秩序が持つ言葉によって異常事態を組み入れ、最終的には秩序の一部へと還元し取り込むことを試みるのである。

リーガンの「治療」に悪魔祓いの導入を勧めたのは医師団だが、カラス神父は現代医学というバックグラウンドを医師団と共有しながらも、当初はそれに抵抗を示す。いまだ教会に完全に背を向けるにはいたらず、医学の見地から悪魔祓いの伝承を利用することに抵抗を感じ、かといって悪魔祓いそのものに信をおくこともできないというカラス神父の状況がここに表れている。しかし現代医学では説明できない事象を目にし、カラス神父は医師団の意図を超えて、自分の持つもう一つのバックグラウンド、カトリック教会という枠組みのなかに、その異常事態を位置づける必要に迫られる。つまり現在の科学では説明しきれない異常事態をなんとか日常世界へと収めるために、自分が離れつつあった信仰の世界へと立ち返ることを迫られるのである。リーガンの示す異常を日常の秩序の埒内へと取り込むべく、まず悪魔の実在を前提とした枠組みを取り入れ、そして悪魔の実在を同じく日常のなかに収めるために、神の実在を前提としたさらに大きな枠組みを採用するのだ。こうした作業は、カラス神父個人の信仰の問題にとどまる話ではない。テロルは秩序への挑戦であり、それを飲み込み克服することによって、秩序はその力を増大させる。異常事態は常にそれが発生する日常、その日常を支える枠組みを強化するという逆説的な作用を持つのである。

ゴシックと推理小説

現在にいたる怪物物語、それを含む怪奇物語の系譜をさかのぼってゆくと、その途上に十八世紀から十九世紀に書かれたゴシック小説と呼ばれる一群の作品が存在する。ウォルポールによる『オトラントの城』（一七六四）やラドクリフによる『ユードルフォの謎』（一七九四）、さらにメアリ・シェリーの『フランケンシュタイン』（一八一八）、ストーカーの『ドラキュラ』（一八九七）などがその著名な例だろう。そしてそのゴシック小説から分岐し、怪奇物語とは別の支流をなして現在にいたるのが推理小説である。この一見重なるところのない二つのジャンルは、しばしば謎解きという骨格を共有している。十八世紀に書かれた古典的なゴシック小説は、さまざまな怪奇現象とともに物語が始まり、少なからぬ場合、結末において何らかの合理的解決にいたる。そして推理小説とは、こうした合理的結末にいたる謎解きのみが取り出され、純粋化されたものだと考えることもできるだろう。

推理小説のなかには、そうした出自を露わにする作品も珍しくない。推理を主体とする「本格物」の代表たるコナン・ドイルの作品にも、「バスカヴィルの魔犬」（一九〇一）や「サセックスの吸血鬼」（一九二四）など、超自然的とも理解不能とも思われた現象が極めて合理的な解決にいたる物語が存在する。これらの物語では、探偵は怪奇な現象と対峙し、その怪奇さ、不可思議さにおびえる人々の手からそれを受け取り、理性にもとづく言葉によって合理的な物語へと語り直す。そうすることによって、怪奇現象は単なる犯罪事件へと姿を変え、司法という極めて理性的かつ散文的な世界への引き渡し準備を完了するのである。もちろんこうした手順は、首尾一貫してリアリスティックな社会派推理小説でも変わるところはない。そこでも殺人など、やはり起こってはいけない、あるいは起こるはずのない事件が起こり、そうした異常事態が刑事たちの手によって法廷に引き渡すことの出来る物語へと語り直される。もちろん法廷では、犯罪事件はさらに司法の言葉によって語り直され、法に基づく秩序のなかへと還元されてゆく。そして判決が言い渡されると、その異常事態は判例として秩序そのものを支える礎の一つへと姿を変えるのである。つまりゴシック的な怪奇物語も、リアリスティックな推理小説も、目の前の異常事態を理性の言葉によって語り直し、日常の枠組みのなかへと還元してゆく点で、何の変わりもないのだ。

秩序の確認

ブラッティが作り出した『エクソシスト』も同様に、一人の少女に起こった一見して理解不能な異常事態が、キリスト教信仰という既存の秩序のなかへと還元されてゆく物語である。物語がそうした意図にもとづいて構成されていることは、すでに論じたカラス神父の人物設定や、その問いかけに答えるメリン神父の言葉を見れば明らかだろう。また原作と映画の脚本の双方を手がけたブラッティ自身、さまざまな場でみずからの制作意図を語っている★44。その説明よるなら、この物語の起源は、ブラッティがジョージタウン大学の学生であった一九四九年にさかのぼる。当時、同じワシントンDCの郊外で、十四歳の少年に悪魔が取り憑くという事件が起こった。この少年におきた異常は医師の手には負えず、両親の相談を受けたプロテスタントの牧師の助言によって、少年はカトリックの司祭にゆだねられ、悪魔祓いが行われることになる。そしてこれが功を奏し、少年は全快するのである。当時ジョージタウン大学の三年生だったブラッティは、ワシントン・ポスト紙の記事でこの事件を知る★45。そしてこの事件が事実であるなら、それは悪魔の実在、そして神の実在の証しとなると考えるにいたるのである★46。

一九七一年に出版された小説『エクソシスト』は、そうした経験と関心から一九四九年の事件を下敷きとして成立した作品である。カラス神父の投身自殺をもって締めくくられる悪魔祓いは、一面悲痛ではあるが、現代カトリック教会の一側面を象徴するカラス神父が信仰への回帰を果たした結実にほかならない。そして作者自身が強調するように、カラス神父の死後、結末でその位置を親友たるダイアー神父が占めることにより、一個人の死を越えて神と信仰の力が存続することを暗示する。★47

しかし、一九七三年に公開された映画版では、結末の印象が大きく異なる。この映画はそもそもブラッティの制作になるもので、脚本執筆に加え、監督の選定も原作者みずからが行っている。脚本は原作にほぼ忠実であり、撮影もそれにそって行われた。しかし編集の最終段階で、監督であるフリードキンは大なたを振るい、いくつかの重要なシーンを削除している。その一つがすでに言及したカラス神父とメリン神父の問答であり、もう一つが結末部分、キンダーマン警部補がダイアー神父と出会い、生前のカラス神父と交わしていたような軽口をたたく場面である。これによって平穏な日常が戻り、カラス神父の死を越えて日々の営みが続くことが示唆される。いずれのシーンも、信仰をめぐる肯定的なメッセージを伝え、作品をハッピーエンディングへと導く上で不可欠なものだ。これらのシーンを失えば、作品の方向性はひどく曖昧なものとなってしまう。実際これらの削除は、多くの観客が陰鬱なトーンとたたみかけるようなテンポに引きずられ、結末の意味を誤解する、という結果を引き起こしたのである。この映画は悪魔の勝利によって幕を閉じる、と理解した観客が大多数を占めたのだ。★48

こうした編集は、ブラッティによる結末はあからさまにすぎる、と考えたフリードキンの判断によるものであり、[★49]またフリードキンの時節を読み取るに敏な才覚によるものでもあったかもしれない。米国での公開は一九七三年十二月二十六日だが、この年の一月に米国はベトナム戦争に敗戦し、十月の第四次中東戦争勃発によりオイル・ショックを経験している。アメリカは疲弊と不安のただなかにあったのである。観客達が『エクソシスト』のなかに、日常の枠組みには対処法がない異常な事態を見いだし、それに強く感応することによって不安に飲み込まれたとしても何の不思議はないのだ。そうなれば、曖昧化された結末は誤解され、平穏な日常の回復は見過ごされてしまう。

当然の事ながら、ブラッティはフリードキンによる改変と意図されざる作品受容には満足できなかった。そしてつねづね再編集の必要性を主張してきたが、それが実現したのは二〇〇〇年のことである。日本では『エクソシスト　ディレクターズカット版』として公開された再編集版は、正確にはプロデューサーであるブラッティの意図をそのまま反映したものだ。一九七三年版で削除された前述の二つの場面が復活し、映画『エクソシスト』は明らかな怪物退治の物語、異常事態を克服することによって既存の秩序が強化されるという、典型的な怪物物語として再生されたのである。

怪物の命数

この前年の一九九九年には、もう一つの怪物物語が事実上の完結を迎えている。一九八〇年代を代表する怪物であり、人の姿をした怪物の典型、ある種の偶像ともなったハンニバル・レクターが、小説『ハンニバル』（*Hannibal*, 1999）のなかで少年期の特異な体験を明らかにし、その怪物性の源である異常さの謎解きをして見せているのだ。レクターは一九八一年、トマス・ハリスの小説『レッド・ドラゴン』（*Red Dragon*, 1981）において、まずは端役として登場した。そして一九八八年、ベストセラー『羊たちの沈黙』（*The Silence of the Lambs*, 1988）によって一躍注目を浴び、一九九一年の映画化によってさらなる知名度を得ている。★50 レクターもまた、その歩みを米国の疲弊や不安と共にした怪物である。『羊たちの沈黙』出版前年の一九八七年十月、米国はブラック・マンデーの株価大暴落を体験し、映画化の前年一九九〇年八月にはイラクがクエートに侵攻、翌一九九一年早々の湾岸戦争へ向けてペルシャ湾一帯の緊張が高まった。また冷戦構造の一翼を支えてきたソビエト連邦は、この年、八月クーデターを経験、共和国は次々と連邦を離脱し、年末のソビエト連邦消滅へと向かう。こうした時代を背景として、レクターは『羊たちの沈黙』で警察の手を逃れて逃走する。そしてわれわれは、物語の結末でレクターという怪物が日常世界へと紛れ込み、自由を謳歌していることを念押しされる。しかし『ハンニバル』においてその怪物性の謎が絵解きされた瞬間、例外的な位置であれ、レクターはわれわれの日常のなかにその場所を得ることになる。そして、怪物から単に残忍な変質者へと変貌するのである。

ユートピアと同じように、怪物たちもまたわれわれが暮らす日常を挑発し、われわれが慣れ親しんだその枠組みを更新することを促す。そしてその挑発の力は、どちらの場合にも、それが「ありえない」という認識に由来する。ありえないような理想的共同体は、その「あるわけがない」という判断が寄って立つ社会の現状を、おのずと批判することになる。また想像を絶する怪物は、われわれが安住する日常の枠組みをおびやかし、その枠組みに向かって、自分を飲み込みその一部とすることで強靭さと安定性を証明して見せることを迫るのである。確かに双方の基本的メカニズムは等しい。しかしその作用は対照的だ。ユートピアはその遠さ、現状との隔たりにこそ存在の意義を持つ。いつになったら手が届くとも思えない、その不可能性こそが挑発の源なのである。一方、怪物は生まれ落ちた以上、かならず退治されなければならない。怪物は人間と同じように、限られた命を持つものとして生を受けるのだ。ハンニバル・レクターが続編でその怪物性を失ったように、また映画『エクソシスト』が再編集によって悪魔祓いに明確な締めくくりを付けたように、日常のなかに出現した怪物は、フィクションの世界のなかであれ、そのフィクションを受け入れる現実の一部としてであれ、何らかの手段で日常のなかへと取り込まれずにはいられない。ありえない場所とありえないモノ、ユートピアと怪物は、その働きと成り立ちの一部を共有しながら、まったく対照的な、陽画と陰画をなしているのである。

第2部　『ドリアン・グレイの肖像』を読む

第3章

視線と二つの肖像

ゴシック的自己像の誕生

二つの肖像

オスカー・ワイルド（Oscar Wilde）による小説『ドリアン・グレイの肖像』（*The Picture of Dorian Gray*; 1890, 1891）はその表題の通り、主人公の姿を記録した画像をめぐる物語である。主人公の「肖像画」の物語として読むなら、これは主人公の代わりに歳をとる超自然的な肖像画をめぐる話であり、その絵は描かれた当人以外の目に触れぬよう厳重に隠され、そこに典型的な秘密をめぐるゴシック的物語が成立している。他方、この作品にはもう一つの肖像が登場する。それは老いを始めとする変化を肖像画にまかせ、変わることをやめた生身の主人公の姿そのものであり、一瞬の姿を時間的に固定した言わば写真的な肖像である。この物語は二つの肖像をめぐり、作中の登場人物たち、さらには読者がそれらに向ける視線と、その先に見るものをめぐって展開してゆく。そのなかに浮かび上がるのは、『ケイレブ・ウィリアムズ』にも見られたような、主人公が抱え込み、また主人公を閉じ込めることになる「秘密」である。超自然的な出来事が「秘密」を生み出し、その「秘密」が主人公を閉塞的な非日常の世界へと追い込んでいく。これは十九世紀ゴシック小説に見られる典型的な特徴の一つであり、この作品が単なる世紀末的耽美主義の小説ではなく、ゴシック的な物語構造を持つことを示している。ここでは『ドリアン・グレイの肖像』のゴシック的構造を読み解くことにより、この作品が提示する肖像、いわばゴシック的な自己像の成り立ちを明らかにしたい。

作品冒頭で、主人公である純真で美しい青年ドリアン・グレイは、肖像画が自分に代わって歳をとることを願う。すると何らかの超自然的な作用によって、この法外な望みは実現してしまう。肖像画がドリアンのかわりに年老い、悪行の数々に由来する陋劣さをその表情に刻み始めるのだ。主人公は、肖像画として刻々と客体化されるおのれの実像に向き合う。そして老いと堕落が積み重ねられてゆく様相に魅入られ、また恐れおののく。これがこの物語の主たる筋立てである。他方で、生身のドリアンはその純真な美貌を損なうことなく、いつまでも若々しい姿のまま作中の世界を闊歩し続ける、ということになる。世の人々が生身のドリアンへと視線を向けても、目に映る姿はいつまでも変わらない。それは願いがかなった瞬間に一切の変化をやめ、言わば瞬間を記録した写真のように、その時の姿を留めたままのドリアン・グレイであるからだ。人々の視線はこの「肖像写真」に遮られ、その背後にあるものへ届くことはない。したがって『ドリアン・グレイの肖像』は、二つの肖像とそれに向けられた二種類の視線――みずからに向けた視線と自らに向けられた視線――の物語であると言うことができるだろう。そしてその物語は、視線の無為、見ることによって他者を理解し、また見られることによって理解されることの不可能性をめぐって綴られてゆくのである。

ドリアン・グレイの罪

一八九〇年、『ドリアン・グレイの肖像』が『リッピンコッツ・マンスリー・マガジン』(*Lippincott's Monthly Magazine*) 七月号に掲載されると、反道徳的また退廃的であるという批判が相次いだ。そうした批評に対して、ワイルドはじつに精力的に反論を展開している。その論駁の一つ、『スコッツ・オブザーバー』紙への投書で、ワイルドはこう書いている。

誰もがドリアン・グレイのなかにおのれの罪を見いだします。しかしドリアン自身が犯した罪が何なのかは誰にもわかりません。それを見つけたと思う者たちは、おのれの罪をドリアンに投影しているのです。★51

よく知られているように、この作品にはワイルドの同性愛への志向が色濃く反映されている。タイプ原稿、雑誌掲載の一八九〇年版、大幅な増補改訂を受けた一八九一年の単行本版を比較すれば、当時の時代背景を前提にそれが抑制されていった過程を見て取ることができるだろう。★52 そうした特質ゆえ、一八九五年の三つの裁判においては、検察側がこの作品にたびたび言及することとなった。★53 しかしドリアンが作中で犯す罪については、ワイルドの反論にある反駁を額面通りに受け取るほかない。確かに『ドリアン・グレイの肖像』のなかには、主人公が犯しているはずの罪がほとんど描かれないのだ。ドリアンは阿片窟に出入りし、旧友バジル・ホールワードを衝動的に殺害したあげく、絶縁状態にあった元友人を脅迫して死体の始末をさせる。しかしこれらは作中の世界でドリアンの悪名を高からしめているはずの罪とは別のものだ。世間が知るドリアンの罪とは誘惑である。彼は男女を問わず、知己となった人間を次々と堕落と破滅へ追いやり、それが風説として半ば周知のこととなっている。しかしドリアンがいったい彼等に何をしたのか、また実際に何が起こったかについて、読者に向かって語られることはないのである。

先に引用した反駁文の前節は、こうした作品構成の意図を解説している。いわく、

この物語の効果的展開の為には、ドリアン・グレイを道徳的退廃の雰囲気で包み込むことが必要なのです。そうしなければ物語から意味が、プロットからは核となるものが失われてしまいます。雰囲気を曖昧かつ漠然として不可思議なものにしておくことこそが、この物語をものした芸術家の目論見だったのです。★54

この目論見は成功を収めていると言ってよいだろう。しかしドリアンの犯した罪について曖昧な印象しか持つことができないのは、読者だけではない。作中世界においてドリアンを取り巻く人々も、なんとも漠然たる印象しか持つことができないようなのだ。ドリアンの暗黒面に直接触れ、それゆえ人生を過《あやま》った人々、加えてそうした人々に近しく接した者たちのみが、ドリアンを忌避することによってみずからの体験と認識を表現する。その他の人々の反応は、以下の通りである。

バジル・ホールワードをはじめ多くの人々を魅了したあの美貌が、彼のもとを去ることなど無いように見えた。彼にまつわるひどい評判を聞いた者でさえ——折々、彼の生活習慣に関

する不思議な噂がロンドンに広まり、また各所のクラブで話の種になった――その姿をひと目見れば、ドリアンの名誉を傷つける話など信じられはしないのだった。彼はいつでも、その身が世の汚れに染まることなどない、というタイプの人間に見えた。ドリアンのことを口汚くの罵っていた者たちさえ、彼が部屋に入ってくると黙り込んだ。ドリアンの純真無垢な顔を目にすると、自分たちの不品行を咎められたような心持ちになるのだ。彼がそこにいるだけで、なくしてしまった純真さが思い出されるような気がするのだ。彼らはドリアンほど魅力的で優美な人間が、どうやってこの強欲で快楽的な時代の汚れに染まらずにいられたのか、不思議に思うのだった。★55

こうした折に人々が目にしているのは、先に肖像写真にたとえた生身のドリアン、願いが聞き届けられた瞬間に変化をやめた、その若々しく純真な美貌である。人々は現実の一瞬を切り取った肖像写真を目にし、そこに見えるものの方を信じるのだ。

写真の誕生

写真は十九世紀の偉大な発明品の一つである。一八三九年、フランスでヨウ素を蒸着した銀板を用いるダゲレオタイプが発表されると、写真術はカメラ・オブスキュラ以来の揺籃期を終え、画像の記録保存を可能としたことによって一気に実用と普及の時代に入る。「現実」のある一瞬を見たままに記録するという、写真によって初めて実現された機能は、当時の社会が抱えていた分類と体系化への欲求を満たし実現するための手段として、まさに格好なものだったのである。十九世紀を通じ大英帝国はとどまることなく拡大を続けたが、同時にその広大な領土とそこに暮らす臣民を整理分類し、ヴィクトリア女王を頂点とする巨大な帝国の序列的構造のなかに位置づけることを怠らなかった。領土の地図が作成され、同時にその景色や領民は写真によって帝国の一部として記録された。そうした作業を通して、「組織化縮小化されることによって、想像の中で目にし、探検し、所有することが出来る[★56]」ような大英帝国のイメージが構築されたのである。また写真は進化論の影響を受けた人相学、骨相学の研究手段として、さらにはそうした学問を実用に供するための道具として重用された。植民地においては、原住民の人相骨格を記録分類し、未開性と照合することによって、その人々の人種としての進化度を推し量ることが行われている。それによって支配者たるアングロサクソン人の優位性、大英帝国による支配の正当性の裏付けとしたのだ[★57]。同様の作業は英国本国においても行われた。アングロサクソンとケルトが比較対照され、また階層間の差異が計測分類されたのである。ロイヤル・ソサエティーはこうした目的で膨大な標本写真を収集し、一八八三年には五万三千例の観察分類に基づく最終報告を発表している。これらの研究の背景にあるのは、写真によって実現された「現実そのまま」の映像記録と、人間の外形はその内面、つまり精神の反映であるという確信である。写真は人間の外形を現実からそのまま二次元へと切り取ることによって、人間の内面への指標、実質上の証拠としての役割を担ったのだ。

ドリアンは若々しく純真であった頃の容姿を、言わばその内面の純真さを示す「間違が混入する余地のない客観性」★58を持った証拠写真として掲げ、それを仮面として生きてゆくのである。彼に視線を向ける人々は、それが写真にすぎないということを知ることがなく、またそもそも写真とオリジナルを区別する必要もない。そこに見える姿こそが真実であり、ドリアンの実体であるはずなのだ。

視線による投影

ドリアンに向けた視線が無為であるのは、こうした作中のその他大勢にのみ見られることではない。主要な登場人物たちがドリアンへ投げかける視線も、同様にその実像へと届くことがないのだ。しかしそのあり方はさまざまである。たとえば、作中で主人公ドリアンは何度か“Prince Charming”と呼ばれている。改訂前の一八九〇年版では、この名前が登場するのはただ一度、シビル・ヴェインの自殺から二日後にバジルがドリアンを訪ね、その午後に開かれる死因審問を話題にした折のことだ。スキャンダルを恐れるドリアンは、シビルが自分の名を知らず、常に“Prince Charming”と呼んでいたおかげで誰にも名前を知られていない、と説明する。“Prince Charming”という名はそもそもオーノア夫人による「青い鳥」（*L'Oiseau bleu*, 1697）に登場するシャルマン王（Roi Charmant）に由来するが、その後“Prince Charming”としてさまざまな童話に登場し、乙女が夢見る理想の男性像を指すようになる。シビルのような無名の女優、親の借金に縛られ場末の劇場に立つ少女にとって、ドリアンは一目見れば別世界の人間だとわかる、若さと美貌に加えて富と地位をも兼ね備えた、まさにお伽話から抜け出たような夢の恋人に違いない。そしてシビルはドリアンの名前や家柄などを詮索しようとしない。「夢の王子様」が自分の現実へと舞い降りてきたこと自体に充足してしまうのだ。シビルにとってドリアンは自分の夢そのものであり、いわばその具現にすぎない。シビルに見えているのは自身の夢であり、視線の先にドリアン・グレイという一個の青年を見ているわけではないのである。

一方ドリアンも、シビルに対して自分が思い描く恋人像を投影しているにすぎない。シビルが恋によって現実のなかに夢を見いだし、舞台上で架空の人物として生きる意欲と力を失うと、途端に失望し彼女を捨ててしまう。そしてこの破局はシビルの自殺に終わり、それを契機として超自然的な物語が実質的な始まりを迎える。シビルの自殺後、ドリアンは肖像画が自分の酷い仕打ちを反映し、その表情を邪悪に変化させたことに気づくのだ。そして視線を向けることによって他者を理解すること、また視線によって他者に理解されることの不可能性をめぐって、この物語は本格的な展開を始めるのである。

九一年版での加筆は、九〇年版に存在していたいくつかの枠組みを強化し、さらに鮮明なものにするという効果を上げている。たとえば九一年版第五章は新たに加筆されたものだが、そこでのシビルと弟ジェイムズの対話がその一例である。ジェイムズは九一年版で新たに導入された登場人物で、姉の自殺をめぐる復讐譚というサブプロットの中心として、この物語が持つゴシック的な枠組みを強化することに貢献している。そして同時に、姉シビルとの“Prince Charming”をめぐる対話を通し、彼女のドリアンへ視線が一方的で独善性なものであることを露《あら》わにする。ジェイムズは姉が身分違いの男に弄《もてあそ》ばれることを危惧し、“Prince Charming”への不審と反感を口にして、姉が男の本名さえ知らないことを咎《とが》める。それに対するシビルの反応はと言えば、「あなたもあの人を見れば崇拝するようになるでしょうし、あの人を知れば信頼するようになるでしょう。」[★59]というものだ。ここにあるのは、外面が内面の指標となることへの信頼ではないし、互いに投げ合う視線を媒介としての相互的な理解でもなく、自己の視線が中空に描くイメージのみを見つめる姿である。またこの章には、盛りを過ぎた女優であるシビルの母親も登場するが、この母親には、もはや目の前で起こる現実の出来事と、自分が演じてきたメロドラマとの区別さえ判然としない。これはシビルと同様な恋愛をして二人の私生児を産んだ女優の末路であり、生活全体が視線の描く幻によって包み込まれてしまった状態、シビルの視線が持つ作用の将来に待ち構えているものにほかならない。

社会的視線と創作者の視線

ドリアンを理解するに当たって、ヘンリー卿はシビルとはまったく対照的なプロセスをたどる。ヘンリー卿は作品冒頭でドリアンと知り合うと、やはりその容姿に強い印象を受ける。しかし九一年版で追加された第三章では、ドリアンの素性に関する情報を得るべく自分の伯父ファーモー卿を訪ねるのである。そしてドリアンの生い立ちをめぐる極めてゴシック的な風説や、その祖父に関する悪い評判を聞き出している。ヘンリー卿は、自分の視線がドリアンの上に投影するものになど重きを置かない。紳士録に記載がないとわかると、事情通の伯父を訪れ、社会によって共有されてきた風説という情報を入手する。そこからドリアンの世間的な位置づけを導き出し、自らの人物理解の土台とするのである。ヘンリー卿は機知に富んだ警句や逆説的な物言いで、作中人物のみならず読者の耳目をも集める。しかしそうした発言とは、世間に共有された常識あるいは良識をふまえた上で、その枠組みを微妙にずらし裏切ることによって効果を上げるものだ。いみじくもバジルが作品冒頭で看破するように、ヘンリー卿は「一つとして道徳的なことは言わないが、しかし決して不道徳な振る舞いには及ばない。」★60そしてその「冷笑的な態度はポーズにすぎない」★61のだ。そうしたヘンリー卿の視線がドリアンへと向けられる時、そこに見えるものは、やはり社会が共有する認識と寸分と違わない。それはいつまでも若々しく純真さを保つことに成功した希有な男の姿でしかないのである。

一方、肖像画の作者であるバジル・ホールワードがドリアンに向ける視線は、シビルともヘンリー卿とも異なったものだ。改訂のプロセスから明らかなように、また改訂後の九一年版のみからでも見て取れるように、バジルからドリアンへの視線には常に恋愛感情（作品の結末に向かっては、そうした感情の残滓とでも言うべきもの）が明らかである。その成り立ちはシビルが抱くドリアンへの恋心に似て、対象の理解には結びつかない。しかしバジルは自分の視線の働きに対して極めて自覚的だ。読者はその自覚をこの画家なりの芸術論として、また理想的なモデルが芸術家の成長の触媒となることに関する自説として、繰り返し説明される。つまりバジルは視線の作用とその作用が自身の内面へともたらすものについて、それがドリアンではなく自己の内面に由来するものであることを自覚している。そしてドリアンへと向けた自らの視線の作用から逆算し、その触媒となったモデルの複製、つまりドリアンの肖像画を描き上げる。だからこそ、この見事な複製を見る者が視線の作用を追体験することを恐れ、自分がドリアンへ抱く感情を隠そうと、肖像画の公開を拒むのだ。しかし画家自身、そうした恐れは錯覚にすぎず、自分の視線がおびていた熱ゆえの杞憂にすぎないと気づく。そしてその肖像画を自分の代表作としてパリでの個展に出展し、積極的に人目にさらすことさえ考え始めるのである。かようにバジルはみずからの視線の働きに自覚的なのだ。

視線と自己像

ドリアン自身はと言えば、完成した肖像画へと視線を向けたとき、初めて自分の美しさを自覚する。ヘンリー卿が戯れに言った言葉に操られ、肖像画に目を向けたとき、ドリアンは鏡をのぞき込む幼児のように、そこに自分の分身を見いだし、初めて自覚的な自己像を獲得する。そしてそれに執着するのだ。ドリアンは、若さと美貌を失いたくない、このままでいたい、という理不尽な願いを抱く。これは時間と経験によってみずからが変化し、それゆえ手に入れたばかりの自己像との決別を迫られること、修正が必要になることへ恐れと怒り、抗議の悲鳴のようなものだ。そしてこの願いは聞き届けられ、ドリアンは他の登場人物とは異なった次元と立場で、視線の無為を経験することになる。

肖像画の超自然的な働きによって、生身のドリアンは以降いっさいの変化をやめる。これはまさに写真的な状況である。バルトは「『写真』が数かぎりなく再現するのは、ただ一度しか起こらなかったことである。『写真』は、実際には二度とふたたび繰り返されないことを、機械的に繰り返す。『写真』に写っている出来事は、決してそれ以外のものへ向かって自己を乗り越えはしない。[★62]」とする。作中で他者からドリアンに向けられた視線に映るものは、ドリアン自身が作品冒頭で肖像画に「発見」した自己像そのものであり、その姿は時をへても何の変化も見せない。つまりドリアンの姿は、変化により視線へと新たな情報をもたらし、理解をより深みへと誘導することがないのである。

ドリアンに起こる変化は、他者の視線には触れることなく、すべてドリアンの視線のみが向けられる肖像画へと記録される。完成した肖像画を目にしてドリアンが望んだものは、生身の自分が将来にわたってその時点の自己像、つまり若さと純真な美貌を備えた姿を裏切らないことだった。しかし実際の事態はその逆だ。確かに生身のドリアンは変化を止めている。しかし肖像画に向けた視線に映る自己像は、際限のない変化を続けるのである。若く未経験な主人公による自己像の確立は、『ドリアン・グレイ』に先行して書かれた童話の多くに見られる類型である。「幸福な王子」("The Happy Prince", 1888)や「若き王」("The Young King", 1891)などの主人公達は、自己像を維持するために試練を経験し、時に悲劇的な結末を迎える。同様にドリアンの若く美しい自己像への執着も、二つの肖像、つまり変化することのない写真的な身体と変化を続ける肖像画とが、とめどなく乖離を深めることによって主人公を悲劇的な結末へと導いてゆく。

ギャレット・スチュワートはこの内面と容姿の分裂を、写真が一応の普及を見たヴィクトリア朝後期の文化的状況と結びつけて論じている。十九世紀においても、写真は前述のような学術研究と統治のための道具としてのみ普及していたわけではない。写真は肖像画の安価な代替物として大いに人気を博し、ロンドンでは一八五一年に十二軒であった写真館が一八六〇年には二百軒を超すまでに増加した。★63 また写真技術の軽便化、廉価化が進むにつれ、互いの写真を家族や友人の間で交換することが流行する。また大量に複製された著名人の写真が商品として流通するようになり、それらに対する蒐集熱が高まった。一例を挙げるなら、ヴィクトリア女王の肖像写真は一八六〇年から六十二年の間に三百から四百万枚を売り上げたとされる。★64 もはや写真は特別なものではなく、見慣れたものとなっていたのである。スチュワートは、写真が持つ写実性は絵画のそれとは異次元のものであり、そこに写された人間の姿から欠落しているもの、つまり精神の不在を際だたせ、絵画では不完全な形でしか実現されなかったような、客体化されるものと主体的なものとの分離と隔絶を明確にしたとする。★65 作中の人々が目にする生身のドリアンと、ドリアンが目にする肖像画の間には、この意味でも写真的な隔絶が存在するのである。

社会的自己像の孤立

言うまでもなく作中の人々が目にするものは、生身でありながら変わることのないドリアンのみだ。したがって前にあげた引用のように、悪い噂を耳にし、先入見とともに視線をドリアンへと向けても、そこに裏付けとなるものを見いだすことはできない。ドリアンの姿には風聞の証となるような邪悪さや陋劣さなど見て取ることができない。それゆえ彼に向けた視線は、相互的な作用、言わば手応えを通しての理解と確認の実感を得ることができないのだ。もしドリアンの姿にそうした実感をもたらす変化が見て取れたなら、視線が持つ相互的な理解のプロセスは、絶えず自己修正を加えながらも方向性を得ることになる。そうしてその理解は、仮説的な解釈から、事実を確認したという確信に近いものへと変わってゆくだろう。その結果、ドリアンは作中世界で共有される解釈と確信の網の目に位置を得て、社会的な人格を確立していくことになる。彼が犯したとされる罪の数々も、その社会的人格の一部として合意されることになるだろう。しかしこの物語ではそうしたことは起こらない。だからこそドリアンを目にした人間は、その名誉を傷つけるような噂を何一つ信じることができないのだ。一方、ドリアンに視線を向けながらその罪や邪悪さを信じることができる人々とは、みずからの視線に一方的な働きしか期待しない人々、自分自身や身近な者の体験からドリアン像を形成し、それを生身のドリアンへと投影する人々である。したがってドリアンの邪悪な行いは、いわば当事者周辺で局所的に存在するのみで、広く人々の間での合意事項とはならない。そしてまた、当事者とはならない読者にとっても、それらはすべからく与《あずか》り知らぬ事柄ということになる。ドリアンが犯した罪の数々が作品中で語られず、またそれが物語の展開の足かせとならないのは、ドリアンに向けられる視線のこのような無為によるのである。

変わることのないドリアンを目の前にして、作中の世界は彼を解釈し理解する手がかりを見いだせない。その一方で、ドリアン自身の視線は常に肖像画へと縛られ、変化し続ける自己像から逃れることができない。そしてこの自己像は、生身のドリアンから完全に分離され、また隠されることによって他者の視線に触れることがない。そのようにして、ドリアンの自己像は社会から完全に孤立したままで発展を続けることになる。

コレクションの働き

ドリアンは当代指折りの洒落者として、若者たちのあこがれの的となる。しかしその社会的偶像の成り立ちは、必ずしも同時代的なものではない。ドリアンは自己像の礎を過去に求め、さまざまな領域を渉猟する。その出発点となるのがユイスマンスの『さかしま』(*À rebours*, 1884)をモデルにしたと考えられている書物だ。ニコラス・フランケルが強調するように、ドリアンに決定的な影響を与えたのはヘンリー卿ではなく、ドリアンに何か読み物が欲しいと求められ、それに応じて彼が与えたこの書物である。★66 この本の若き主人公に倣《なら》い、ドリアンは視線を過去に向け、みずからのうちに、現在にいたるまで世界がたどってきた過去の集約を見いだそうと試みる。ドリアン自身の言葉によれば、それは肖像画の存在とそれがもたらす恐怖を忘れる為だ。つまり社会から隔離され中空に浮いたまま安定することのない自己像に、歴史という枠組みを与え、何らかの足場を築こうとする試みである。第十一章の前半は、その試みの描写に割かれている。ドリアンが手を染めた有形無形のコレクション、カトリック信仰、神秘主義、香料、音楽とさまざまな楽器、宝石、刺繍とタペストリー、豪奢な法衣といったものが延々と列挙される。そして章の後半に入ると、ドリアンは屋敷のギャラリーにかけられた先祖たちの肖像画を眺め、自分の血の中に集約されてきた過去に思いをはせるのである。この章は、ドリアンがみずからの自己像を過去という巨大な網の目のなかに還元し位置づけようとする、ヴィクトリア朝的な試みを描くことに費やされているのだ。

過剰と欠落

このように『ドリアン・グレイの肖像』には、過度に語られるものと、語られないままますます語られるものとが存在する。それぞれが過剰と欠落を主張するなかで、物語全体はそうした不均衡の上に構成されている。饒舌に変化を続ける肖像画と肖像写真のように静止してしまったドリアンは、不均衡を引き起こすと同時に、その不均衡自体をもって作品を支えているのである。この一対の肖像は、見ることによって理解することの無為と、見られることによって社会の網目のなかに位置を得ることへの諦めを指し示す。しかしこれらは、主人公ドリアンに限った問題ではない。シビル、バジル、ヘンリー卿のいずれもが、それらに失敗し、あるいは始めから諦めをもって臨んでいるのだ。ドリアン・グレイが陥った極端な事態は、こうした状況のヴァリエーションであり、この問題に対する過度な執着が招いたものと考えることができるだろう。

自らが選択した自己像とそれを社会的なものとして確立することへの固執は、ワイルドの他作品にもしばしば見られるものだ。しかし、ここではそれが新たな局面を迎えている。二つの肖像は、いずれも一方だけではドリアン・グレイを十全に描き出すことができない。社会における個としてのドリアンは、二つの肖像の間に引き裂かれてしまっているからだ。ワイルドの作品では、強固な意志による自己像の社会的実現は、時として死を招くものとして描かれる。この作品でも、ドリアン・グレイ像は結末で主人公の死をもって焦点を結ぶことになる。しかしそれは、決して生命と引き替えに到達すべき高邁なものとはなってはいない。『ドリアン・グレイの肖像』では、無為な結末へといたるしかない道筋が、一対の肖像の間に浮き彫りにされているのである。

第4章 博物館と写真の時代

一八八九年八月三十日、ロンドンを訪れていた米国フィラデルフィアの出版者ジョセフ・M・ストッダートは、二人の作家をランガム・ホテルでの晩餐へと招いた。一人は流行《はや》らない開業医から作家へと転じ、一八八七年にシャーロック・ホームズが登場する最初の作品『緋色の研究』(*A Study in Scarlet*, 1887)を出版したアーサー・コナン・ドイル、もう一人はここしばらく短編小説や批評を書きながら女性雑誌の編集長を務めていたオスカー・ワイルドであった。ストッダートは米国で出版している『リッピンコッツ・マンスリー・マガジン』の英国版を計画中で、英国人作家による中編小説を載せようと書き手を探しており、そこでこの二人に白羽の矢が立ったのである。ドイルは早速注文に応じ、同誌の一八九〇年二月号には『四つの書名』(*The Sign of Four*,

1890）が掲載されている。一方、ワイルドはと言えば、ストッダートを少々待たせた後、『ドリアン・グレイの肖像』を執筆し、これは同誌の七月号に掲載されることとなった。ワイルドはこの時までに詩、批評、戯曲、短編小説そして童話を出版していたが、中編小説と呼べるだけの長さを持つ作品は後にも先にも『ドリアン・グレイの肖像』一作のみである。そしてこの作品は、翌一八九一年には一部の改変に加えて七つの章が書き足され、単行本として出版されることになる。『ドリアン・グレイの肖像』は表題通り肖像画の物語であり、一般には十九世紀末を代表する耽美主義的な小説とされてきた。第3章ですでにふれたように、これは博物趣味の蒐集家の物語でもあり、また超自然的な事象を中心に据えたゴシック小説でもある。まずは、こうしたゴシック的物語が書かれるにいたるまで、十九世紀後半のロンドンでいったい何が起こっていたかに注目しよう。

博物館の時代

ロンドン中央部、トラファルガー・スクエアに面したナショナル・ギャラリーに隣接して、ナショナル・ポートレイト・ギャラリーが建っている。これはその名の通り、肖像画と肖像写真を専門とする国立美術館である。創設は一八五六年にさかのぼるが、設立当初の四十年間ほどはロンドン市内を転々とし、その後現在の所在地に腰を落ち着けることとなった。

　このギャラリーが収蔵作品を選ぶにあたっての基本方針は、設立当初より現在にいたるまで一般的な美術館とは大きく異なっている。ナショナル・ポートレイト・ギャラリーでは、芸術的見地よりも歴史的見地から収蔵作品を選ぶ。さらにその「歴史」とは美術史ではなく、英国という国家の歴史を指すのである。

　こうした成り立ちを理解するには、創設にいたるまでの英国議会での議論を一読するのが近道である。提唱者であったスタンホープ卿は、一八五六年三月六日の上院にて「英国の歴史において高くその名を讃えられている軍人や政治家、あるいは人文科学や自然科学に携わった人々の肖像画を可能な限り集めた美術館」[★67]の設立を提案している。またそうしたコレクションの趣旨がいかなるものであったかは、同年七月六日下院における時の首相パームストン卿のスピーチを一読すれば明白であろう。首相はそれを「生活において精神を奮励し、気高き行為、善き行いに励むにあたり、称賛されるべき偉業を成し遂げた人々の姿を目《ま》の当たりにするほどよい刺激となるものはほかにない。またその姿がしかと目で見ることのできる肖像画として示されたなら、そうした人々を模範とすることを促すことができるだろう。[★68]」と説明しているのである。

　ロンドンにおいて十九世紀、特にその後半は博物館（museum）の時代であったと言ってよいだ

図1　オスカー・ワイルドのポートレイト（ナポレオン・サロニー撮影、1882年）。Oscar Wilde, *The Picture of Dorian Gray*（Harvard UP, 2011）より。

図2　1880年当時のナショナル・ポートレイト・ギャラリー（ベスナル・グリーン所在時）。Peter Hamilton and Roger Hargreaves, *The Beautiful and the Damned*（Lund Humphries, 2001）より。

ろう（ここでは煩瑣を避けるために“museum”を「博物館」と訳し、“art museum”つまり“gallery”を含むものとしたい）。英国において、また世界においても最も名高い博物館と言えば、大英博物館を挙げることができる。しかし大英博物館の創立は一七五二年であり、十八世紀半ばにさかのぼる。その百年後を改めて「博物館の時代」と呼ぶにあたっては、博物館なるものの成り立ちと変遷に触れておく必要があるだろう。

博物館の遠い起源は、記録に残るものだけでも新バビロニア王国の最後の王ナボニドゥスの王女によるものなど、紀元前にまでさかのぼる。しかし十八世紀も終わりに近づくまで、それらは基本的に富裕な有力者、時に国王や教会による私的な蒐集物のコレクションであり、広く一般に公開されるものではなかった。それに対して、大英博物館は公のものとして設立された新しい形の博物館であった。しかし当初よりすべての人々に広く開かれていたわけではない。大英博物館の起源も、医師で博物学者であったハンス・スローン卿の私的蒐集物に始まる。このコレクションはスローン卿の遺志によりいったん国王に売却され、政府がこれをもとに博物館を創設することとなった。つまり一個人の所有物ではなく、国王や教会のものでもない、政府によって作られた国立博物館の第一例となったのである。そして一七五七年には一般公開を開始するが、すべての階層の人々がいつでも自由に出入りできるわけではなかった。開館は平日の昼間に限られ、入館を希望するものは事前に書面にて申請し、時には数週間をかけて入館許可を得る必要があった。

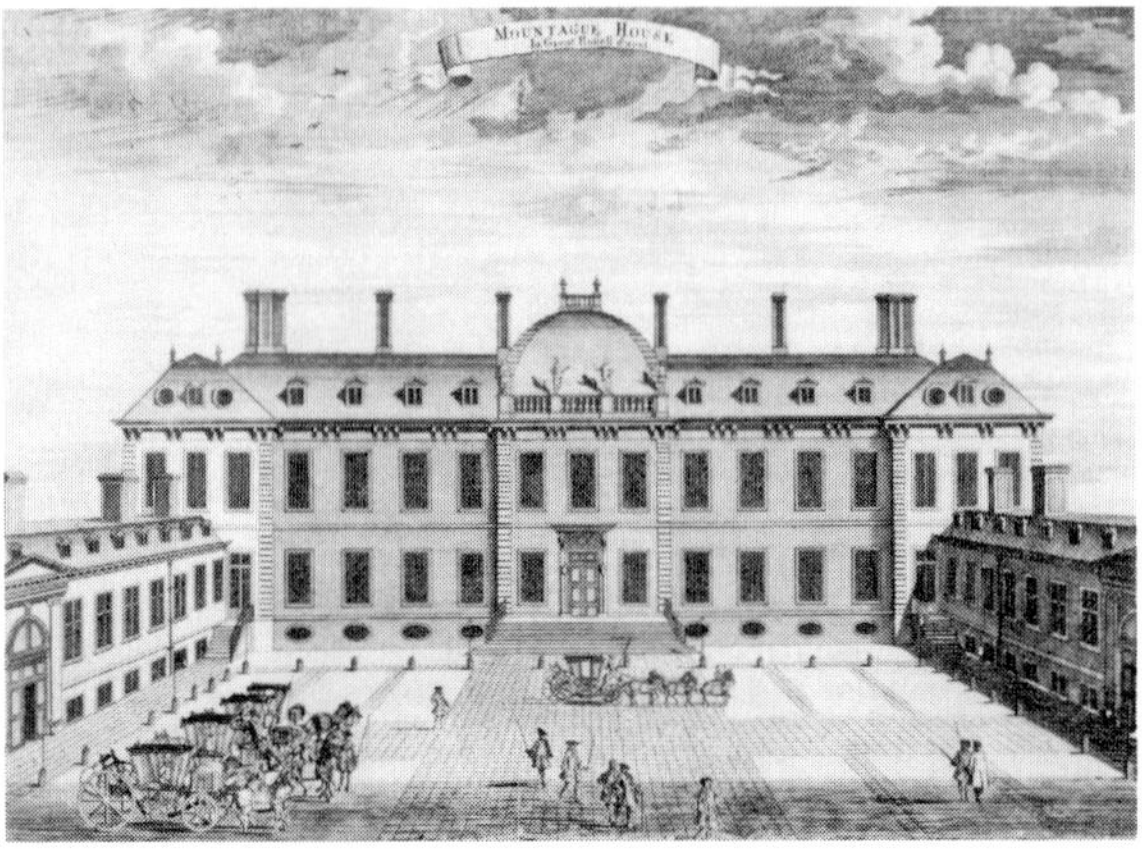

図3　創設当時の大英博物館がおかれたブルームズベリー、モンターギュ・ハウス（1714年当時）。Marjorie Caygill, *The Story of the British Museum*（British Museum Publications, 1981）より。

また入館を許されても、案内係に引率されての駆け足の館内ツアー以外は許されない。とても労働者階級の市民が余暇を使って訪れるような場所ではなかったのである。

あらゆる人々に開かれた公立博物館の始まりは、一七九三年に開設されたルーヴル美術館とされる。その主たる収蔵物はフランス王室の所蔵品から構成され、ルイ十五世の治世には、そのごく一部がリュクサンブール宮殿で公開されていた。フランス革命を経て王室の収蔵品が国有化されると、それらはルーヴル宮殿に設けられた共和国美術館において、すべての階層の人々に広く公開されようになる。これをもって現在のような公立、国立博物館の姿が定まったと言うことができるだろう。

一方、大英博物館がすべての階層の人々に等しく開かれるようになるのは、さらに後のことである。一八五五年にいたっても、風刺雑誌『パンチ』が「働く者のための大英博物館案内」なる記事を掲載し、ルーヴル美術館と引き比べた上で、大英博物館が日曜閉館であることを皮肉っている。[★69] 大英博物館の日曜開館が実現するには一八九六年まで待たねばならなかったのである。しかし十九世紀も半ばには、ロンドンにおいても労働者の啓蒙啓発のために日曜開館とする博物館が増えていた。

英国の発展と博物館の役割

十九世紀後半に入ると、国民の啓蒙と教育を目的に掲げた国立博物館が次々とロンドンに開館することとなる。まず一八五二年に美術工芸品を中心に収蔵するヴィクトリア・アンド・アルバート博物館（創設当初の名称は産業博物館）、一八五六年に前述のナショナル・ポートレイト・ギャラリー、一八五七年に科学博物館、一八八一年に自然史博物館（大英博物館より分離独立）、一八九七年には英国美術を中心に収蔵するテイト・ギャラリーが創設された。こうした博物館ラッシュに注目する上で忘れてはならないのが、一八五一年に開催されたロンドン万国博覧会である。

ロンドン万国博覧会はヴィクトリア女王の夫君アルバート公がヘンリー・コールらとともに企画実現した博覧会で、英国の誇る工業とデザインの最先端を展示し、同時に世界各国から産業と文化に関する多彩な出展を招いた。そうすることにより、結果として大英帝国の世界における指導的な位置を明らかにするものとなっていたのである。

博物館が過去を、つまり大英帝国が現在にいたるまでの道筋を、直接間接に目に見えるものとして展示するのに対し、博覧会は帝国の現在とその明るい未来を形にするものとして機能した。ガラスと鉄骨によって作られた幅約五六〇メートル、奥行き約一四〇メートルという巨大な展示会場クリスタル・パレスはまさにその象徴であり、ハイド・パークでの五ヶ月半にわたる開催期間には、当時の英国人口の三分の一にあたる延べ六百万人が訪れている。そしてその収益によってヴィクトリア・アンド・アルバート博物館、科学博物館、自然史博物館が創設されたのである。

一八五六年のナショナル・ポートレイト・ギャラリー創設も、こうした博物館をめぐる十九世紀後半の流れのなかに位置づけることができる。英国の発展を支えてきた人々の肖像を蒐集すること、それらを国民に向けて展示公開すること、それによってその時点の国の姿を明らかにすること、これをもとに国民を教育啓蒙し英国社会の維持と発展の一助とすること、これらの設立目的は、いずれもまさに博物館一般が担うことを期待されていた機能の典型にほかならない。

ここで注目すべきは、肖像画に期待されていた教育的効果の仕組みである。来館者は肖像画を目にして、そこに描かれた人物の時代、成し遂げたことに思いをめぐらせる。同時にその肖像から伝わる意志の力や人格をなにがしか感じ取る。あるいは歴史的背景や偉業などは度外視して、何か立派なことをしたに違いない人物の面構えや押し出しに感慨を覚えるのかもしれない。いずれにせよ来館者は肖像画から汲み取った何かを刺激として、みずからを高めることが期待されている。つまり人間の内面はおのずと外見に反映される、ということが大前提である。そして外見を写し取り、実物を視覚的に複製した肖像画は、結果としてその人物の内面を伝達することができる、ということが期待されているのだ。

それならば、肖像画よりももっとよい方法があるだろう。十九世紀は、視覚的な複製を作るための新しいテクノロジーが発明された時代でもあった。一八三九年フランス人ダゲールによって確立されたとされる写真術である。しかし創設からほとんど半世紀にわたり、ナショナル・ポートレイト・ギャラリーは肖像写真を蒐集対象とはしなかった。その理由の一つは、設立当初より一九六九年まで存続していた蒐集規定である。ナショナル・ポートレイト・ギャラリーは「まだ存命の者、没後十年に満たない者の肖像画は購入、寄付、遺贈のいずれによっても収蔵しない。ただし国王女王およびその配偶者は例外とする。」という決まりがあったのだ。★70 これにより少なくとも創設当初からしばらくの間は、収蔵対象となる人物を写した肖像写真が存在しなくても不思議はなかった。

また同時に、この美術館が肖像画という芸術ジャンルのさらなる振興を目指していたことも、その一因とすることができる。これはスタンホープ卿による下院でのスピーチにも明らかである。★71★72写真の登場と普及は、確実に肖像画の市場を侵していった。そうした写真の興隆を背景に、肖像画家への肩入れが行われたのも不思議ではない。一八五六年のギャラリー開設の時点で、写真は既に普及期に入っており、肖像写真はなかでも最も人気の高いジャンルとなっていたのである。ちなみにナショナル・ポートレイト・ギャラリーが写真の蒐集を始めたのは二十世紀に入ってからであり、最初の一枚は一九〇一年度に購入されたヴィクトリア女王の肖像写真であった。

写真の時代

一八三九年、フランス人ルイ・ジャック・マンデ・ダゲールはフランス科学アカデミーにおいてダゲレオタイプ（銀盤写真）方式の写真術について発表し、これが実用的な写真術の始まりとされている。化学的な方法を用いてなんらかの媒体に光を写し取り、画像を定着させる技術は、さらに以前より多く試みられてきた。またダゲールとほぼ同時期に、ダゲレオタイプ以外にも写真技術が確立されている。その一つがウィリアム・ヘンリー・フォックス・タルボットによるカロタイプ方式である。

ダゲレオタイプ以前に試みられていた写真術は、まず明暗が反転した陰画（ネガティヴ）を作成し、それを焼き付け複製（プリント）することによって陽画（ポジティヴ）を作り出す、というものであった。タルボットのカロタイプはこの延長線上にあるもので、感光紙に記録した陰画を陽画へと複製し焼き付けることで完成する。これは一枚の陰画から複数の陽画を複製することを可能にするが、一方で、陰画の媒体が現在見られるような透明なフィルムではなく不透明な紙であったため、陽画の鮮鋭度が失われるという欠点があった。

一方、ダゲレオタイプは銀メッキを施した銅版（銀盤と呼ぶ）を感光材として用い、撮影によってこの上へ直接に陽画を作り出す方法である。陰画から陽画を複製する方法に較べると、鮮鋭度が高く細密な画像を作り出すことができる。しかしレンズを通った光は上下左右の反転した画像として記録され、鑑賞時にはそれを不透明な銀盤の感光面からのぞき込むことになるので、上下逆さまなのは回転させることで補えても、左右が逆像となってしまうことは避けられない。また何よりダゲレオタイプは一点物であり、複製ができないことが欠点であった。

ダゲレオタイプのこうした短所は、一八五一年にはガラス製感光板（写真湿板）を用いた湿板式コロジオン・プロセス（湿板写真法）によって克服され、この方法が一八六〇年代にかけて写真術の中心を占めることになる。その後、同様なガラス製感光板を用いた技術革新が進むが、一八八四年にはアメリカ人ジョージ・イーストマンが紙に感光材のゲルを塗布して乾燥させた「フィルム」を発明し、これが重くかさばるガラス製感光板に取って代わることとなる。そしてイーストマンは一八八八年にコダック社を設立すると、フィルムを用いた手軽なカメラを発売する。これによって誰でも簡単に写真を撮影し、難しい化学的後処理は専門業者（現像所）にまかせる、という時代が到来するのである。

このように十九世紀は写真術が確立され、急速な発展を見た時代であった。特に十九世紀後半には立て続けに技術革新が進み、これが画像品質の向上をもたらしただけはなく、複製の簡便化、価格の低下を実現した。こうした進歩が写真という新しい視覚メディアの急速な普及を大きく後押ししたのである。

特にその黎明期、写真の進化と発展に大きく貢献したのは、手探りで実験を繰り返すような熱心なアマチュア写真家だった。イーストマン以前には、まだ写真撮影は一般人の手に負えるものではなかったのである。しかしそうした時代から、すでに写真は爆発的な普及を始めていた。これを担ったのが専門の写真館や兼業の写真屋であり、それをさらに後押ししたのが肖像写真の蒐集という新しい趣味の大流行であった。

写真の登場以前、家族などの姿を映像として残す手段は、何らかの肖像画以外には存在しなかった。本格的な肖像画を注文することは高くつき、上流や中流の富裕層以外には望むべくもない。

しかしその代わりとして、小型の細密肖像画（miniature）などが製作された。しかし一八五〇年代半ばになると、こうした手頃な肖像画の類《たぐい》は衰退し、写真に道を譲ることとなる。

一八四一年に行われた英国の国勢調査では、職業欄に「写真」（photography）と記入した人間は皆無であった。しかし一八五一年には五十一名（うち女性一名）、一八六一年には二八七九名（うち女性二〇四名）を数えるにいたる。ロンドンで肖像写真を専門とする写真館の数も、一八五一年には十二軒だったものが、一八五九年に六十六軒、一八五七年に一五五軒を数え、一八六一年には二百件を超えている。そのうち五十五軒が店を構えていたのが、社交界の面々も足を運ぶ高級商業地区リージェント・ストリートだったことからも、肖像写真が大いに持てはやされていたことが想像できるだろう。この頃になると、英国のほとんどの町に写真館が存在し、まだない村落部には、馬車に写真機材一式を積み込んだ巡回写真館（travelling photographic vans）が訪れては肖像写真への需要を満たしていたのである。★73

一八五〇年代半ば、リージェント・ストリートを始めとするウエスト・エンドの高級な写真館で肖像写真を撮影すると、その料金は八インチ×六インチ（約二十・三センチ×約十五・二センチ）の白黒写真で一ギニー、これに着色を行った場合は三ギニーであった。★74 しかしロンドンも他地区であれば、ちゃんとした店でもこの半額ほどで肖像写真を撮ることができた。★75 そしてほんの数年で、写真はさらに安価で手頃な庶民の楽しみへと姿を変えてゆく。

手札判写真の流行

一八五四年、フランス人アンドレ・アドルフ・ディスデリが手札判写真（carte de visite）の特許を取得した。手札判写真とは、二・十四インチ×三・十二インチ（約五・七センチ×約八・九センチ）の肖像写真が二・十二インチ×四インチ（約六・四センチ×約十・二センチ）の台紙の上に貼られたものの総称である。たいていは人物の全身像を写したものであった。Carte de visite とは元来、訪問先が留守だった場合に残してくる名刺のことで、名前とせいぜい肩書きが印刷されたカードである。当然、訪ねた当人の写真を名刺に使うことも考案されたが、手札判写真が名前の由来通りの用途で広く使われることはなかった。実際の発明者については諸説あり、おそらくは写真術の始まりと同じく、各地でほぼ同時に始まったと考えられている。ディスデリの特許は、一枚のガラス製感光板に十コマ（実際には八コマのことが多かった）の写真を撮影し、その陰画から密着プリントで作成した陽画を切り分ければ、写真作成にかかる手間と費用を十分の一にできる、というものである。この技法はその後さまざまに発展を遂げ、一枚の感光板に撮影される枚数、一度に同じ写真を複数枚撮影するのか、異なったポーズの写真を一枚の感光板に納めるのかなど、

図4　ディスデリによる手札版写真（切分ける前のもの、1862 年）。Helmut and Alison Gernsheim, *The History of Photography*（Thames and Hudson, 1969）より。

多様なヴァリエーションを生んでゆく。いずれにせよ、写真の単価を下げることにより、大判写真には手の届かない庶民に肖像写真を手にする機会を与えたのである[★76]。

発明からしばらくの間、手札判写真が大きく普及することはなかったが、これに転機をもたらしたのは間違いなくディスデリであった。一八五九年、イタリア独立戦争に参戦し、イタリアを支持してオーストリアと向き合うこととなったナポレオン三世は、パリのディスデリ写真館の前で隊列を止め、ディスデリにみずからの肖像写真を撮らせたのである。人々はこぞってこれを真似、手札判写真は大きく普及を遂げることになる。

一八五七年、手札判写真は英国への上陸

をはたすが、しばらくは人々の目を引くことがなかった。しかし一八六〇年、高名な写真家ジョン・ジェイビズ・エドウィン・メイオールがヴィクトリア女王とその家族を写し、手札判写真十四枚で一組の王室アルバムを発売、するとこれが大人気を博し、累計で数十万枚を売り上げたとされる。★77 これを始めとして、多くの写真家がさまざまな著名人の肖像写真を撮影しては売り出す、という新たな産業が生まれたのである。★78 写真家は被写体となる著名人に報酬を払い、それに利益を載せて写真を売った。一例を挙げると、マリオン社は被写体となる人物に手札判写真一万枚あたり四百ポンドを支払い、その写真を一枚一シリングから一シリング六ペンスで売ったのである。★79

人々はこぞってこうした写真を買い求め、みずから写真アルバムを作るようになる。さらにはあらかじめきれいにデザインされ、誰の写真をどの場所に貼るかまで指定された蒐集帳のようなアルバムまで発売され、人気を博すようになった。手札判写真の最盛期には英国内のみで年間三億から四億枚の売り上げがあり、この大流行から国家の財源を得るべく、グラッドストン首相が一八六四年に、ディズレイリ首相は一八六八年に、写真一枚あたり一ペニーの印紙を貼ることを義務化しようとしたが、実現にはいたらなかった。しかし同様の大ブームを経験したアメリカでは、一八六四年から一八六六年までの間、サイズに応じて写真に二〜四セントの印紙を貼ることが義務づけられている。★80

もちろん人々の興味が向かったのは著名人の写真ばかりではなかった。自身や家族の肖像写真を撮り集めては友人知己と交換し、いく冊ものアルバムを作るようになる。手札判蒐集家（carto-mania）の誕生である。またそのアルバムは、最初のページに女王夫妻の写真が貼られ、続くページに政治家や軍人に始まる著名人、その後に家族や自身の写真を貼り込むことにより、全体が女王から臣下たる自身にいたる社会の縮図となっていることも珍しくはなかった。また女王自身もごく黎明期から写真の愛好者であり、宣伝広報もかねて自身や家族の写真を写真家に撮らせ、またみずから家族のアルバムを作り眺めることを楽しみとしていた。

写真が女王の趣味であるとともに庶民の楽しみたりえたことは、上述の販売量とともに、手札判写真の登場によってもたらされた価格下落を見れば明らかである。高級な写真館が存在する一方で、庶民的な価格の写真屋も登場したのである。一八五八年の写真専門誌『フォトグラフィック・ニューズ』（*The Photographic News*）では、「海辺の写真事情」としてリゾート地の様子が紹介されている。それによると、ご婦人方は風呂に入るように写真を撮るのが習慣となっていて、料金は一枚六ペンス、一ダースまとめて注文すると十八パーセントの割引が受けられたという。一枚六ペンスという価格は、先に紹介したウエスト・エンドの写真館での大判写真の料金一ギニーの四十二分の一に当たる。★81 さらに時がくだり一八六〇年代半ばになると、ロンドンの庶民的な地域などでは、手札判写真は抱き合わせ販売の対象となった。葉巻、髪油などの商品や床屋での髭剃りなどと組み合わされ、「鰻のパイと貴方の肖像写真がセットで六ペンス」といった価格で売ら

図5　林立する写真館が客の取り合いをする図——『パンチ』（1857年）。Helmut and Alison Gernsheim, *The History of Photography*（Thames and Hudson, 1969）より。

れるようになるのだ。★82

写真に夢中になったのは、さまざまな写真を集めては喜ぶ市民ばかりではなかった。客観的に「目で見たまま」を記録保存できる新技術に驚き、その特質をさまざまな実用目的に応用した人々も多く存在したのである。写真が登場する以前、「見たまま」を記録する術は絵画しかなく、それを大量に複製するためには銅版画を用いるしかなかった。むろんそうした画像から制作者の主観性を排除することはかなわず、実物そのままの再現は望むべくもない。また写真術の誕生以前にも、カメラ・オブスキュラと呼ばれる暗箱が存在していた。これはフィルムのないカメラのようなもので、その壁面の一つに小穴を開けるかレンズを取り付けると、そこを通して外から差し込んだ光が向き合う壁面の内側に外の景色を映し出す、その映像をなぞって写生するという、というものである。つまりは絵画の「下書き器」にすぎず、やはり「見たまま」を記録できるものではなかった。

写真によって初めて実現した「見たまま」を記録するという機能は、大英博物館の創設とたゆまぬ拡大に象徴されるような、過去から現在にいたる世界のすべてを蒐集し、整理分類しようという、十八世紀以来の博物学的性向とうまく合致するものであった。その応用事例の一つが、英国政府による英国領の地政学的記録である。これは世界中に存在する英国の領土を測量することによって地図化するもので、同時に領民を含めたその土地の特徴を記録するにあたり写真が重用された。現地人の姿は民族衣装につつまれて撮影される一方で、体格や骨格を計測するために長さを示す目盛りとともに裸体が撮影されている。そして現在では否定された骨相学や人相学に基づき、現地人の骨格はアングロサクソンのものと比較研究され、民族としての未開度は骨格に見てとれる進化の遅れに関連する、と理解されたのである。そうして進化の先端にあるアングロサクソンつまり英国人が、植民地の上に君臨することの理論上の裏付けとされたのだ。

同様のことは英国国内でも行われている。殺人などの重罪を犯した囚人や、精神病院の収容患者の骨格が組織的に計測され、身体的な特徴や遺伝が、犯罪や精神異常との関連で論じられたのである。人相学や骨相学こそは、目の当たりにできる人間の外見とその人物の精神的内面とを直接結びつける理論であり、写真はこれを研究し裏付けるための記録手段として、正にふさわしい

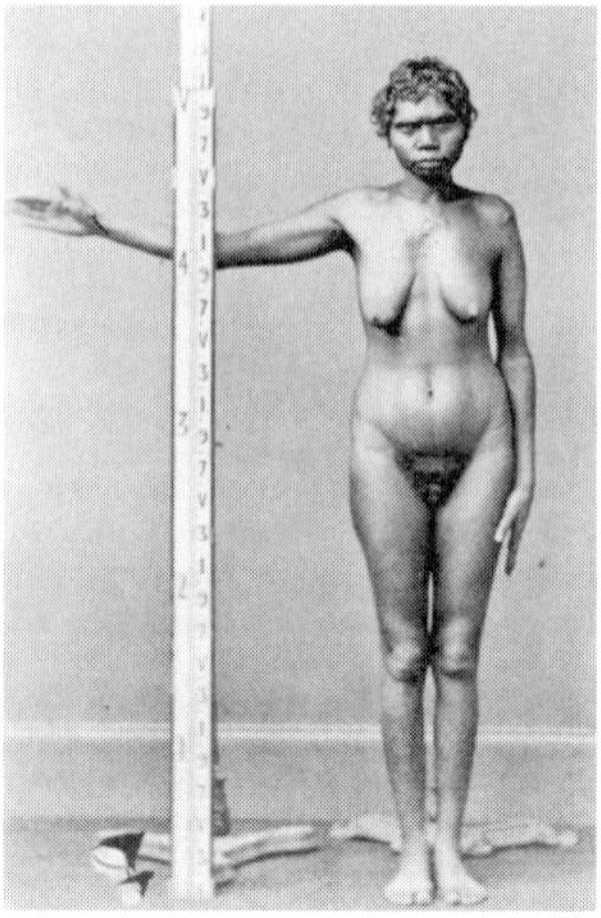

図6　南オーストラリア原住民女性の人類学的研究（撮影者不祥、1871 年）。Peter Hamilton and Roger Hargreaves, *The Beautiful and the Damned*（Lund Humphries, 2001）より。

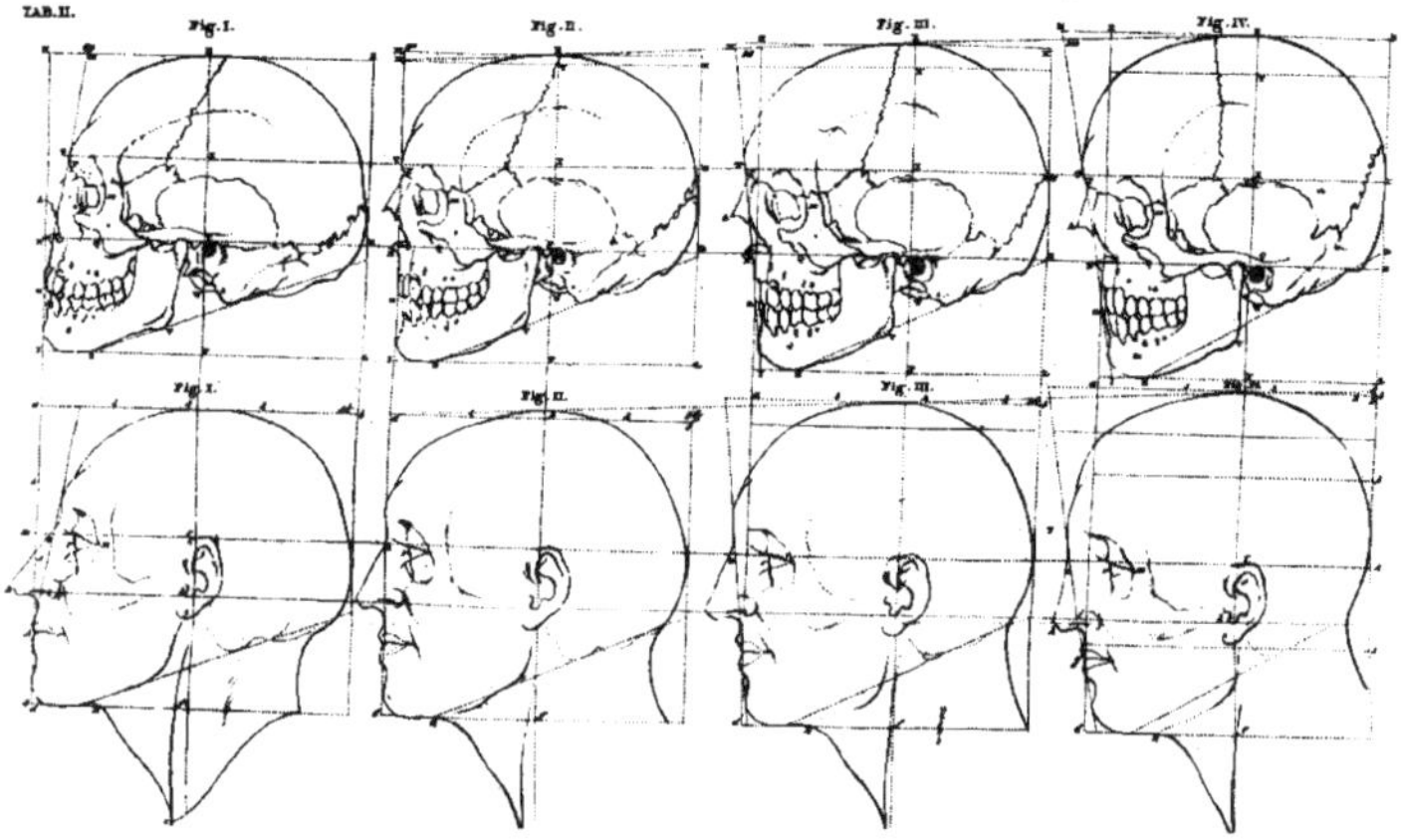

図7　ペトラス・キャンパー「顔面角度の計測」（1768 年）。Robert A. Sobieszek, *Ghost in the Shell*（Los Angeles County Museum of Art, 1999）より。

ものであったのである。

ドリアン・グレイの「肖像」の物語

すでに述べたように、オスカー・ワイルドによる『ドリアン・グレイの肖像』が雑誌掲載されたのは一八九〇年、翌一八九一年には大幅に加筆された単行本版が出版されている。写真が広く普及して久しく、ロンドン中心部に数々の博物館が建ち並んでいた時代であり、まだ肖像写真は収蔵されていなかったが、ナショナル・ポートレイト・ギャラリーが開設されて三十年以上が経っていた。『ドリアン・グレイの肖像』の主要登場人物は三人の男性、いずれも社交界に出入りする比較的富裕な階層の人間であり、中堅の肖像画家であるバジル・ホールワード、バジルのオックスフォード大学時代からの親友であり有閑貴族のヘンリー・ワットン卿、そしてバジルとパーティーで知り合い肖像画のモデルを頼まれた主人公、まだ成年に達しない純真な美青年ドリアン・グレイである。

物語の冒頭、偽悪的な誘惑者であるヘンリー卿は、バジルのアトリエで初めてドリアンに出会い、彼が大きく動揺するような言葉を面白半分に語りかける。曰《いわ》く、君はまだ気づいていないだろうが、君の若さと美しさは比類なく、誰もが為す術もなく魅了されてしまうだろう、しかしそれも長くは続かない、時とともに失われ、翌年また咲き誇る花々のよう戻ることはない、そして君は醜く年老いた時にそれに気づくことになる、と。するとドリアンはその言葉に心を動かされ、初めて自分の美貌を自覚して、完成したばかりの肖像画が持つ変わることのない美しさに嫉妬する。そして生身の自分と肖像画とが入れ替わり、自分は永遠に若いままでいて、代わりに肖像画が老いてゆけばいい、と願うのである。

するとこの願いは聞き届けられ、そのまま実現してしまう。その後、思わず口にした心無い言葉から恋人を自殺に追い込んでしまったドリアンは、それが起こった一晩のうちに肖像画が表情を変え、口元の表情に残忍さが加わったことに目を留める。そして願った奇跡が実現したことに気付くのである。これ以降、ドリアンが罪を犯すたびに肖像画の表情は邪悪さを増し、またドリアンが歳を重ねるごとに肖像画が老いてゆく。しかし一方で、生身のドリアン自身は純粋無垢な表情をした青年の姿のまま、いっさい歳をとることがない。『ドリアン・グレイの肖像』という物語は、このように超自然的な現象で幕を開ける。不可思議な現象が起こるのは、その一回のみ。そしてこの現象が作品の不思議な設定と、それを踏まえた展開を決定するのである。

物語一般において、登場人物が人間の枠を越える力を手に入れることは、往々にして一種の呪いとして作用する。普通なら人が望んでも手に入れられない力は、それを身に付けた人間を苦しめる災厄ともなるのである。最もよく知られた例は、ゲーテの『ファウスト博士』を始めとするファウスト伝説にもとづく物語群だろう。ファウストは地上のすべてを知り尽くしたいという欲求に駆られ、その力と引き換えに悪魔に魂を売り渡すことになる。もちろんこうした物語の類型は、われわれが日常生活のなかで作り出す「分不相応な望みがかなった人間は、その僥倖に飲み込まれて不幸になる」という物語や、そこに織り込まれた嫉妬に由来する「呪い」と変わらない。

ドリアンが手に入れた永遠の若さも同様である。永遠の若さは、彼に普通では考えられない力、つまり時をへても変わることのない美しく純真な姿を与えてくれるが、一方でその当人を苦しめることになる。そしてドリアンがみずからの手で呪いを解いたとき、これまで与えられてきた力と引き換えにするように、彼は一気に年老いて命を奪われ、物語もこれをもって締めくくられる。つまりこの作品は、永遠の若さという呪いの物語であり、人の枠を越えた欲望にしたがい、それを実現してしまった人間の受難と末路の物語となっているのである。

みずからが望んだ奇跡が実現したことを知ると、ドリアンはその二つの奇跡の一方を隠してしまう。一方とは、ドリアンの代わりに変化を始めた彼の肖像画のことだ。他方の奇跡とは、もちろん文字通り変わらぬ若さと美貌を獲得した生身のドリアン・グレイ自身である。肖像画はロンドンの屋敷にあるドリアンの書斎から、今では使われていないかつての子供部屋へ移され、部屋に厳重に鍵をかけて人目から隔てられてしまう。ドリアンは折々その部屋を訪ねては、悪行を重ねることによって堕落し、また年老いてゆく自分の実態が、肖像画の上に記録されて行くさまを確認する。しかしそれ以外、肖像画が人目に触れることは一切ない。その結果、この不可思議な肖像画自体とともに、肖像画と交代して以来のドリアンの変化、その変化の引き起こすはずの年月の経過とその間の所業は、一切が人の目から隠され、なかったことになってしまうのだ。

生身のドリアンはと言えば、相続した財産で享楽的かつ唯美主義的な生活を送り、かつては自分の美貌にも、その美貌が持つ力にも気づいていなかった純真な青年が、社交界の若者たちが憧れるような花形へと変貌してゆく。そして男女を問わず、周囲に集まる人々を次々と堕落した生活へと誘惑し、破滅させてしまうのである。そうした所業はもちろん悪い評判となって人々の口の端に上ることになる。しかし奇跡の日からまったく変わることのない無垢で若々しい美貌を目にすると、人々はそんな風評を信じた自分を咎《とが》めることになるのだ。以下、前章でも参照したが再度引用しておこう。

バジル・ホールワードをはじめ多くの人々を魅了したあの美貌が、彼のもとを去ることなど無いように見えた。彼にまつわるひどい評判を聞いた者でさえ——折々、彼の生活習慣に関する不思議な噂がロンドンに広まり、また各所のクラブで話の種になった——その姿をひと目見れば、ドリアンの名誉を傷つける話など信じられはしないのだった。彼はいつでも、その身が世の汚れに染まることなどない、というタイプの人間に見えた。ドリアンのことを口汚くの罵っていた者たちさえ、彼が部屋に入ってくると黙り込んだ。ドリアンの純真無垢な顔を目にすると、自分たちの不品行を咎められたような心持ちになるのだ。彼がそこにいるだけで、なくしてしまった純真さが思い出されるような気がするのだ。彼らはドリアンほど魅力的で優美な人間が、どうやってこの強欲で快楽的な時代の汚れに染まらずにいられたのか、不思議に思うのだった。★83

もちろん、ごく身近な人間がドリアンによって堕落させられた者たちはこの限りではない。しかしほとんどの人々は、人の口に上る評判よりも、自分自身の目で確かめたドリアンの姿形を信じたのである。

ドリアンの姿は、生身と肖像画とが入れ替わった瞬間の外見をそのまま保存している。その意味でドリアンの身体は「ある瞬間の見たまま」の記録であり、つまりは写真的な成り立ちを持っている。しかし、この身体の写真的機能は、先に述べたような骨相学や人相学が抱く期待とはまったく裏腹なものである。ドリアンの姿はただ外見にすぎず、その内面を映し出すことがない。作品中の人物たちは、その変わらぬ姿の背後にドリアンの実像を見て取ることができないのである。ワイルドは物語のなかでドリアンに事実上無制限の放埒を許し、妹の復讐をたくらむシビルの兄と、心配して悪い評判の真偽を問い詰めるバジル以外には、一切の留め立てをさせることがない。またその二人の試みも失敗に終わる。ドリアンにその悪行の責任を取らせようとする者、あるいは悪行を認めるように迫る者は、物語の進行から排除されてしまう。それによって生身のドリアンは、すべてを肖像画に押しつけ、内面に何も持たないままでいることを許される。つまりこれによって、ドリアンの写真的な身体が実質的には何も意味を示さないこと、何も表現していないことが、あらためて強調されるのである。

スフィンクスの問いかけ

ワイルドの短編小説にも、主要な人物が写真という形で登場する作品が存在する。「謎のないスフィンクス」(“The Sphinx without a Secret”, 1887)である。その語り手は友人のマーチソン卿から、愛していたが結婚前に亡くなってしまったアルロイ嬢についての相談を持ち掛けられる。語り手は写真を見せられるが、そこに写った彼女は「背が高くほっそりとしていて、大きくうつろな瞳と解いた髪が絵に描いたような不思議な美しさを作り出していた。彼女は千里眼のようにも見え、豪奢な毛皮に包まれていた。」という。★84 マーチソン卿の相談とは、アルロイ嬢が自分を裏切り何か秘密を隠していると疑ったが、死後に調べてみると、秘密など何もありはしなかった、あたかも秘密があるように振る舞っていたのが不可解だ、というものであった。これに対し語り手は、彼女は秘密を持つことに憧れただけの、秘密を持たないスフィンクスだったのだ、と絵解きをしてみせる。

「千里眼」と訳した部分は、原文では"*clairvoyant*"であり、狭義には「透視能力を持つ者」を指し、慣用では「未来を予言する者」という意味で使われることも多い。いずれにせよ、彼女は常人には知る術のないことを知る者であるように見えた、ということである。「うつろ」な瞳の向こう側、つまり彼女の内面には、外からは見極められない何かがあるのだろう、という印象を暗示する。少なくとも語り手には、写真のなかの彼女はそう見えたのだ。しかし実際のアルロイ嬢は、そうありたいと望んでいただけで、何も秘密など持ってはいなかったのである。

ワイルドがH・C・ポリットに宛てた書簡にも、写真とスフィンクスが登場する。贈られたポリットの肖像写真に礼を述べたあと、ワイルドは「写真を受け取るごとに、君の人格はますます謎に満ち、ますますすばらしいと思えてくる。それにしても私の人生には、繰り返しスフィンクスが登場しては横切ってゆく。」と書いているのである。★85 ワイルドはポリットから写真を受け取るたびに、またそれを嬉しく眺めるたびに、写真に写ったポリットの向こう側に自分が知ることができない領域が拡大してゆくことを感じ取り、それを魅力の深まりとして喜んでいる。「謎のないスフィンクス」とポリット宛書簡のいずれの場合にも、ワイルドは、写真とは被写体の表層を見たままに記録し、それそのまま再現することによって、「見たまま」の姿のさらに内奥の存在を暗示するもの、として描いていると言えるだろう。

ダニエル・A・ノヴァクはこの二つの文章、「謎のないスフィンクス」とポリット宛書簡を取り上げ、「ワイルドは写真的リアリズムをアイデンティティーと身体の複数性として定義している。」と評価する。★86 しかし前述の例で起こっていることは、写真による文字通り「見たまま」の姿の固定であり、「見る」側からすれば認識プロセスの停止、あるいは凍結にほかならない。写真はある状況下、ある瞬間の被写体の「見たまま」を、そのまま記録し固定する。写真に写し取られた現実は、繰り返しの凝視にもまったく揺らぐことがない。写真は視線の働きかけに一切の反応をすることが無く、それを拒絶し、跳ね返してしまう。相互作用を拒絶された視線は、やむを得ず写真の向こう側に広がる何ものかに思いを巡らし、そこにあらぬものの姿を夢想しようとする。この夢想こそがスフィンクスからの問いかけである。無論、そこに何があるのかと問いかけるのは、本当は写真でも被写体でもなく、写真を凝視する視線自体なのである。

作品における生身のドリアンの働きもこれと変わらない。ドリアンが重ねる悪行は数限りないが、それをそのまま記憶しドリアン像の一部として保持できるのは、ごく身近にそれを体験した人々だけである。他の者たちはすでに引用したように、視線をドリアンに向けるだけで、風聞にもとづくみずからの認識を修正することを迫られる。ドリアンが若々しく純真な容貌を保っていることに驚き、自分と引き比べては、大なり小なり堕落を重ねてきたみずからの過去を反省する羽目になるのである。これもまた写真が呼び起こすスフィンクスの問いかけにほかならない。ドリアンに向けられた視線は、目の当たりにしたドリアンと耳にした悪評や世の常識との間に大きな隔たりを感じとる。それゆえ、その隔たりを解決する答えとして、たぐいまれな清廉さ、純真さをドリアンの内面に措定してしまう。もちろんそれは幻影であり、そんなものは存在しないのだ。

ドリアンが肖像画を閉じ込めたかつての子供部屋は、ロンドン中心部の高級住宅街グローヴナー・スクウェアに面したドリアン邸の上階にある。一八九一年版の第十一章に入ってほどなく、ドリアンが折に触れてはその子供部屋へ入る、という記述が始まる。曰《いわ》く、ドリアンは変わらぬ若さと美しさを鏡に映しては、邪悪さを増しながら老いてゆく肖像画と見比べ、その対比に喜びを感じるのである。ドリアン自身の視線が鏡のなかの自分を見つめる時、そこで発せられるスフィンクスの問いかけはどのようなものであろうか。もちろんこの場合も、実際には問いかけなど存在しない。凝視にも揺らぐことのない写真の向こう側に、視線があらぬものを描き上げようとするのである。

第十一章の大部分は、鏡に映る写真的身体の向こう側に、ドリアンの視線が何とか自己像を結ぼうとする、その壮大にして空虚な試みを記述している。ドリアン自身の説明によるなら、その始まりはドリアンが奇跡を願った当日に、「友の庭に二人で腰をおろしていた時、ヘンリー卿が初めて彼の中にかき立てた、人生に対するあの好奇心」に由来する。[★87] そしてヘンリー卿の薫陶による「新しい快楽主義《ヘドニズム》」によって、ドリアンは自分が持つすべての力、たとえば知力、美意識、財力を駆使し、過去から現在にいたるあらゆる美的快楽を蒐集し経験しようという企てに乗り出すのである。それはまさしく手当たり次第で、ローマ・カトリックの厳かな典礼、神秘主義、ダーウィニズムといった精神的、知的な領域のものから、香水、音楽、宝石とそれにまつわる物語、刺繡細工、聖職者の祭服などのコレクションにいたる。この長々とした蒐集品の記述を額面通りに読み進んでも、退屈することなしにドリアンと喜びをともにし、陶然とした境地に遊ぶことは難しいだろう。これはドリアンの心の働きを遠心的に記述した、どちらかと言えば冷笑的な描写となっているのである。

また「ドリアンには、時折、歴史のすべてが自分の生涯の記録にすぎないのではないかと思えることがあった。実際にそのなかを生きてきたと言うことではなく、彼自身の想像力が彼のためにその歴史を作り出し、それは彼の頭脳と情熱のなかこそ存在してきたのだ、と思えたのである。」という。[★88] これはまさしく博物館の営為に等しい。たとえば大英博物館もまた、地上をくまなく渉猟しては蒐集品をロンドンに持ち帰り、それらを整理して展示を行う。そうすることによって雑多とも言える膨大な事物のなかから歴史を作り出し、結果としてその先端にある成長点に大英帝国の今を位置づけようとするのである。

そう考えるなら、ドリアンを取り巻く青年たちが彼に憧れ、その服装や生活様式を子細に観察しては真似ようと試みたことにも不思議はない。博物館とは、混沌とした情報の集積のなかにビジョンを示し、時間軸に沿った最先端の位置を明らかにしてみせる機関であるからだ。ドリアンが古今東西の快楽を渉猟し、自らの写真的身体の「内面」として中空に描き出してみせるものが、まさしく青年たちが「イートンやオックスフォードでしばしば夢想してきた理想像そのままの実現、学問の徒が担う真の文化のなにがしかと現実社会に生きる人間が備えるあらゆる優美さ、卓越、完璧な作法を合わせた理想型」に見えるのは、言わば当然のことである。★89

一方でドリアンは、こうした膨大なコレクションの蒐集が「時にほとんど耐えがたいまでに思われた恐怖から、つかの間でも抜け出すための手段、忘れ去るための手立て」であることを自覚している。★90 その恐怖の原因とは、言うまでもなく刻々と醜く変わってゆく肖像画であり、またそれが人目に触れてしまう可能性である。ドリアンの老いと堕落が刻み込まれた肖像画は、本来そうあるべきドリアン自身の姿であり、それを当人に突きつける告発の鏡として作用する。

またドリアンは多くの時間をロンドンで過ごす一方で、約二百キロ離れたノッティンガムシャーに先祖伝来の広壮な邸宅を構えている。ドリアンはたまさかそこを訪れると、祖先たちの肖像画が並ぶ廊下（picture gallery）を歩き、数多《あまた》の先祖の血とともに、彼等の罪と所業が集約され、みずからの内に流れていることを想像する。これこそが、本来ドリアン・グレイという個人を支えている「歴史」であり、その先端である現在に位置しているのが、子供部屋に閉じ込められてしまったドリアン自身の肖像画、彼の罪と所業の記録、つまり本当のドリアンなのである。

社会的自己像の確立と死

オスカー・ワイルドの作品では、ジャンルにかかわらず自己像の発見や確立が中心を占めているものが珍しくない。戯曲『真面目が肝心』(*The Importance of Being Earnest*, 1895)もそのヴァリエーションの一つであるし、よく知られた童話「幸福な王子」は、自己像の発見と再確認のプロセス自体によって作品が構成されている。「王女の誕生日」("The Birthday of the Infante", 1891)もそうした一例である。

まだ幼いスペイン王女の誕生日を祝うため大園遊会が開かれると、そこにひどく醜い小人の少年が連れて来られる。王女を楽しませる余興を探していた貴族が森のなかで見つけ、厄介払いを喜んだ父親から買い取られてきたのである。この小人は無垢で、自分が醜いことにまったく気づいていない。自分の醜さが笑われても一緒になって笑い、踊りをはやし立てられても、一緒になって喜んでしまう。そのあまりの滑稽さを気に入った王女が白いバラを手渡すと、小人は恋に落ち、どこかに行ってしまった王女を捜そうと、宮殿のなかをさまよい始める。そして次々と美しい部屋を通り抜け、ある部屋に入ると、そこで醜く滑稽な怪物に出くわす。小人はじきに気づくのだが、それは鏡に映った自分の姿だったのである。すると小人は自分のあまりの醜さに悲しみ、このように生まれてきた自分を殺さなかった父、宮廷へと連れてきた貴族、すべてを恨んで慟哭する。そして心臓が破れて死んでしまう。

小人の心臓が破れてしまうのは、単にその姿形の醜さゆえではない。それを映してみせる鏡、映し出された醜さを醜さとして理解できるだけの審美的経験が用意されることにより、はじめて小人に死が与えられる。鏡が置かれた部屋へ到達する前に、いくつもの美しく飾り立てられた部屋が用意され、小人はそれを通り抜けてゆくことによって、みずからの醜さを理解するために必要な審美的経験を積むのである。

ワイルドの作品には、主人公が自己像の確立によって死にいたる物語がいくつも見受けられる。いずれの場合も、物語は主人公がみずからについて無自覚な状態から始まり、社会的な自己像を確立した時点で結末にいたる。そしてその結末とは、往々にして主人公の死にほかならない。よく知られた作品から例を挙げるなら、先に述べた「幸福な王子」はその典型例であり、同じく童話の「わがままな巨人」("The Selfish Giant", 1888) も同様である。そして『ドリアン・グレイの肖像』もその一つに数えてよいだろう。

「王女の誕生日」のような簡潔な事例と照らし合わせると、『ドリアン・グレイの肖像』が持つ独特な構造、社会的な自己確認の物語に加えられた新たな創意を容易に見て取ることができるだろう。それはつまり写真的身体であり、博物学的コレクションであり、ノッティンガムシャーの屋敷のギャラリーに並べられた祖先たちの肖像画である。ドリアンの肖像が二つ（肖像画と写真的身体）に分裂するのは、いかにもお伽噺風な奇跡によるものだが、分裂後の二つを支えるのはまさしくヴィクトリア朝的な要素、特に写真的身体と博物学趣味なのである。

ドリアンはこの自己像の分裂によって秘密を抱え込んでしまう。そしてその秘密が、現実に彼が暮らすロンドンの街中に、言わば秘密を知るドリアンにしか見えない非日常的な世界を作りだし、彼を閉じ込めてしまうのだ。こうした秘密を中心に据えた物語世界の構築は十九世紀ゴシック小説に見られる典型的な特徴である。★91『ドリアン・グレイの肖像』にゴシック小説としての印象が強いのは、主にここに由来し、それを一八九一年版によって追加された復讐譚のエピソードなどが補強している。

ドリアンが秘密に由来する苦境から抜け出すためには、当然このゴシック的状況を解消するほかない。その方法の一つは、秘密を公開することによって周知のものとし、秘密を秘密たらしめている日常世界の方を更新してしまうことである。しかしこれはお伽噺的な奇跡を世に明かすということであり、風聞にすぎなかったはずの悪行の数々を事実として肯定することであるとともに、ドリアンが写真的身体のもとに作り上げてきた自己像を空中楼閣として否定することでもある。もう一つの方法は、秘密の主体を消し去ることによって秘密をも消滅させること、つまりみずから命を絶つという選択肢である。しかしドリアンはいずれの方法もとらない。半ば衝動的に選んだのは、さらにもう一つの方法、肖像画と生身の自分が入れ替わるという奇跡を解消するという道であった。ドリアンはナイフで肖像画に切りつけ、すると奇跡は消え去り、あとには完成時そのままの若々しく美しい肖像画と、醜く老いて胸にナイフを突き立てられたドリアンの死体が残されるのである。

ワイルドと英国の自己像

社会的自己像の確認がワイルド作品に繰り返し現れるテーマであるのは、既に述べた通りである。その理由については、ワイルド研究において一九七〇年代から興隆を見せた同性愛的側面の研究、一九九〇年代から多くなされるようになったアイルランド的側面の研究を振り返るなら、現時点で不思議に思う余地はないだろう。ワイルドは二重に（イングランドにおけるアイルランド人としての位置と、アイルランドにおける支配層国教徒として位置を別個に数えるなら三重に）マージナルな存在であったからだ。それを前提に『ドリアン・グレイの肖像』を読み、社会的自己像の確認のプロセスに注目するなら、そこにはまさにヴィクトリア朝的な諸要素、博物学的方法による世界観と歴史観の構築、肖像画・肖像写真を媒介としての社会的一体感の確認などを見て取ることができる。それらの要素が組み合わされ連動することによって、ドリアンの試みとその失敗のプロセスが、この物語全体を支える構造を成立させているのである。

ドリアンによる写真的身体を前提とした博物学的な自己像の構築は、結局のところ破綻をきたしてしまう。しかし国家による博物館の運営にはそのようなことが起こるわけもなく、二度の世紀の変わり目をまたいだ現在もロンドンの、また世界の各所で続けられている。二十世紀に入るとロンドンの文壇もさま変わりし、特に詩壇は新大陸からの新しい血を迎え入れ、英国を現代詩の先端へと押し上げることに成功した。ほぼ時を同じくして欧州は第一次世界大戦を経験し、英国は自己像の大きな修正を余儀なくされる。しかしこれこそ博物館が力を発揮する時である。英国政府はまだ戦火の続く一九一七年、ロンドンに王立戦争博物館を創設するのである。この博物館も何度か移転を重ねるが、設立当初の敷地はくしくも一八五一年のロンドン万国博覧会の会場、ハイド・パークに建つクリスタル・パレスであった。

地球上のあらゆる場所から、そして歴史上のあらゆる時代から標本を蒐集し、記録し、分類する。またそれらをしかるべき歴史観、世界観に基づいて体系化し、博物館を介して広く人々に向け公開し啓蒙活動を行う。こうした営為は、十九世紀に大英帝国が享受した圧倒的な国力もってこそ可能となった。またそれは、その国力を生み出した時代の変化、英国が十八世紀半ばの産業革命をへて、近代的資本主義にもとづく最先端の工業社会へと変貌を遂げたことを裏付けとしている。しかしその変貌の過程で、新たな富は社会構造の変化をもたらし、封建的な社会秩序はその力を失ってゆく。また自然科学の発達は教会の権威を空洞化し、社会は信仰という大きな支えを失って不安定なものとなる。そのなかで国家は新たな秩序、その基盤となる新たな国家像、それを支える新しい世界観を提示し浸透させる必要に迫られたのである。その試みは、新時代のテクノロジーである写真を大々的に活用したヴィクトリア女王と王室の偶像化、学問の対象としては軽視されてきた自国文学の重視など多岐にわたる。博物館の創設もその一環にほかならない。国家としての自己像の確立は、急務であったのだ。

平穏であったはずの日常のなかに、小さくとも無視することのできない歪み、あるいは違和感を覚えるとき、それを大きく拡大して日常と対峙させる。それが典型的なゴシック小説の方法である。日常は非日常的、しばしば超自然的な事態と向き合わされ、それを克服することを迫られる。他の章で取り上げたように、違和感のもととなる非日常の種子は、たとえば理不尽な身分制度であり、あるいは命を造り出すという行為への畏れである。『ドリアン・グレイの肖像』では、非日常の種子は自己像への疑いと不安であり、それが超自然的な出来事を導き、物語の発端となる。そこには十九世紀末の同性愛者として、またアングロ・アイリッシュとして自明なアイデンティティーを持てなかったオスカー・ワイルドの姿が透けて見えると同時に、博物館と写真の時代に国家としての自己像を模索した英国の姿をも見て取ることができるだろう。『ドリアン・グレイの肖像』は、まさしくゴシック小説という形式の十九世紀末英国における体現となっているのである。

註

★1――ちなみに帰国後の十二月、シェリー夫人であるハリエットの水死体がハイド・パークのサーペンタイン池で発見される。その月のうちに結婚式を挙げ、メアリは晴れてメアリ・シェリーとなった。

★2――舞台化も含め、デイヴィッド・J・スカル『ハリウッド・ゴシック――ドラキュラの世紀』仁賀克雄訳(国書刊行会、一九九七年)に要領よく紹介されている。また同じ著者による『モンスター・ショー――怪奇映画の文化史』栩木玲子訳(国書刊行会、一九九九年)は、吸血鬼以外の怪物が登場する映画も論じている。

★3――この旅の記録は、P・B・シェリーとの共著として出版されている。*History of Six Weeks' Tour through a Part of France, Switzerland, Germany, and Holland: with Letters Descriptive of a Sail round the Lake of Geneva, and of the Glaciers of Chamouni* (London: Hookham & Ollier, 1817)

★4――こうした評価の例としては、ブライアン・W・オールディス『十億年の宴　SF――その起源と発達』浅倉久志・他訳(東京創元社、一九八〇年)を参照。

★5――『ケイレブ・ウィリアムズ』を推理小説として読む際には、その変格的な構成を取り上げ、探偵自身がみずから見いだした真相のなかへと巻き込まれてゆく物語として、積極的に評価することも多い。この作品を取り上げた推理小説史としては、イーアン・ウーズビー『天の猟犬――ゴドウィンからドイルに至るイギリス小説のなかの探偵』小池滋・村田靖子訳(東京図書、一九九一年)を参照。

★6――『ケイレブ・ウィリアムズ』岡輝男訳(国書刊行会、一九八二年)、七~八頁以降、この作品からの引用は同書による。

★7――『ケイレブ・ウィリアムズ』、八五頁。

★8――『ケイレブ・ウィリアムズ』、一一一頁。

★9――Judith Adler, "Origins of Sightseeing" in *Annals of Tourism Research* 16.1（1989）, 7–29参照。旅の目的が言語的なもの（有識者との対話、さまざまな調査など）から視覚的な体験へと推移してゆくさまを簡潔に説明している。

★10――『ケイレブ・ウィリアムズ』、二五二頁。

★11――『ケイレブ・ウィリアムズ』、二四五〜二五〇頁。

★12――こうしたケイレブの態度を、『政治的正義』を出版したばかりで社会の反発を危惧していたゴドウィンの心情を映すものと考え、また『政治的正義』に見られる楽観主義の反動と理解することもできる。Peter M. Marshall, *William Godwin*（New Haven: Yale UP, 1984）pp. 147–8参照。

★13――『フランケンシュタイン』には一八一八年と一八三一年版が存在するが、ここでは前者を用いる。

★14――フランケンシュタインが作り出した人造人間は原文で"creature"と呼ばれ、多様な訳語が考えられるが、ここでは慣例にしたがい「怪物」と呼ぶ。

★15――"I quitted my seat, and walked on, although the darkness and storm increased every minute, and the thunder burst with a terrific crash over my head. It was echoed from Salêve, the Juras, and the Alps of Savoy; vivid flashes of lightning dazzled my eyes, illuminating the lake, making it appear like a vast sheet of fire; then for an instant every thing seemed of a pitchy darkness, until the eye recovered itself from the preceding flash.... While I watched the tempest, so beautiful yet terrific, I wandered on with a hasty step. This noble war in the sky elevated my spirits; I clasped my hands, and exclaimed aloud, "William, dear angel! this is thy funeral, this thy dirge!" *Frankenstein*, J. Paul Hunter, ed.（New York: Norton, 1996）, p. 48. 以降、『フランケンシュタイン』からの引用は、筆者が同版から訳出したものを用いる。

★16——"It had then filled me with a sublime ecstacy that gave wings to the soul, and allowed it to soar from the obscure world to light and joy. The sight of the awful and majestic in nature had indeed always the effect of solemnizing my mind, and causing me to forget the passing cares of life." *Frankenstein*, p. 64.

★17——Adler.

★18——Adler.

★19——エンクロージャーが英国人の景色への嗜好に与えた変化については、Rachel Crawford, *Poetry, Enclosure, and the Vernacular Landscape, 1700–1830*（Cambridge: Cambridge UP, 2002）に詳しい。

★20——ジェイン・オースティンやウォルター・スコット（Walter Scott, 1771–1832）等に典型的。Alistair M. Duckworth, "Literature and Landscape" in *Encyclopedia of Literature and Criticism*（London: Routledge, 1990）, pp. 1015–28 に簡潔な解説がある。

★21——"[H]e permitted me to undertake a voyage of discovery to the land of knowledge." *Frankenstein*, p. 36.

★22——トマス・モア 14.

★23——トマス・モア 15.

★24——伊藤進『怪物のルネサンス』に詳しい。

★25——丹治愛は『ドラキュラの世紀末』で、『ドラキュラ』の成立にさまざまな外国恐怖症が多元的に作用したさまを論じている。

★26——伊藤進、二八～三四頁。

★27——アイラ・レヴィンによる『ローズマリーの赤ちゃん』（1967; *Rosemary's Baby*）はその一例。

★28——サイコスリラーという分野で注目を集め、その後に続く一つのステレオタイプを確立したのはロバート・ブロックの『サイコ』（1959; *Psycho*）と翌年のアルフレッド・ヒッチコックによるその映画化である。また『サイコ』映画版と同じ一九六〇年に、英国では『血を吸うカメラ』(*Peeping Tom*)が制作されている。

★29――この分類法については風間賢二『ホラー文学大全』に詳しい。ここではそれをさらに一部拡張して用いる。

★30――ルセルクルは、怪物が創造者フランケンシュタインの名で呼ばれるのは、この二者の間に父子関係が存在するためと考える。

★31――映画によって吸血鬼、フランケンシュタインの怪物、人狼のステレオタイプが確立されたのは、*Dracula*(1931)、*Frankenstein*(1931)、*The Wolf Man*(1941)の三作品による。しかしそれぞれの怪物には、映画黎明期の二十世紀初頭から映画化の例が存在する。また吸血鬼に関しては、さらに先立って Bram Stoker 作 *Dracula* が舞台化され、すでに視覚的ステレオタイプを確立していた。David J. Skal, *Hollywood Gothic: the Tangled Web of Dracula from Novel to Stage to Screen*(1990)を参照。

★32――おそらく最も例が多いのは、二十世紀における核戦争への危機感を取り上げたもの。Nevil Shute, *On the Beach*(1957)など。

★33――"lycanthrope," *Oxford English Dictionary*, 2nd ed.

★34――「マルコの福音書」五:一〜十三。

★35――*The Exorcist: The 25th Anniversary Special Edition*(1998, DVD)に収録されたフリードキンとブラッティによる対談を参照。

★36――映画版の脚本は大部分で原作に忠実であり、以降、特に断りのない場合は、小説と映画の双方に共通するものとして論ずる。

★37――Malachi Martin, xvii. カトリック教会においては、エクソシストは司教等によって教区ごとに選出、任命されなければならない。

★38 — Gabriele Amorth, *An Exorcist Tells His Story*（1999）を参照。

★39 — 島村奈津、六六頁。

★40 — 島村奈津、二四一〜二四二頁。

★41 — Amorth 33.

★42 — *The Exorcist: The Version You've Never Seen*（2000）.

★43 — William Peter Blatty, *The Exorcist* 351–2. 訳は筆者による。

★44 — 一例として、*The Exorcist: The Special Edition* 収録のブラティとフリードキンによる対談を参照。

★45 — Bill Brinkley, "Priest Frees Mt. Rainier Boy Reported Held in Devil's Grip" in *The Washington Post* 20 Aug 1949: 1.

★46 — William Peter Blatty, *William Peter Blatty on the Exorcist: From Novel to Film*（1974）.

★47 — フリードキンとブラッティによる対談を参照。

★48 — フリードキンとブラッティによる対談を参照。

★49 — フリードキンとブラッティによる対談を参照。

★50 — 一九九二年主演男優、主演女優、監督、撮影、脚本の各賞。主演男優賞はレクター役の Anthony Hopkins へのもの。

★51 — "To the Editor of *Scots Observer*," 9 July 1890, in *The Complete Letters of Oscar Wilde*, ed. Merlin Holland and Rupert Hart-Davis（New York: Henry Holt, 2000）439. 以降、特に表記のない限り、訳文は筆者による。

★52 — *The Picture of Dorian Gray: The 1890 and 1891 Texts*, ed. Joseph Bristow, vol. 3 of *The Complete Works of Oscar Wilde*（Oxford: Oxford UP, 2005）. また *The Picture of Dorian Gray: An Annotated and Uncensored Edition*, ed. Nicholas Frankel（Cambridge, MA: Harvard UP, 2011）はタイプ原稿に基づいている。

★53 — Michael S. Foldy, *The Trials of Oscar Wilde: Deviance, Morality, and Late-Victorian Society*（New Haven: Yale UP, 1977）.

★54 — Holland & Hart-Davis, 266.

★55 — *The Picture of Dorian Gray* 276. 訳は筆者による。また以降、頁数はすべて *Complete Works* のもの。

★56 — James R. Ryan, *Picturing Empire: Photography and the Visualization of the British Empire*（Chicago: U of Chicago P, 1997）21.

★57 — *Ryan* 167.

★58 — Peter Hamilton, "Policing Face" in *The Beautiful and the Damned: the Creation of Identity in Nineteenth Century Photography*（London: National Portrait Gallery, 2001）57.

★59 — *Dorian Gray* 228.

★60 — *Dorian Gray* 172.

★61 — *Dorian Gray* 172.

★62 — ロラン・バルト『明るい部屋――写真についての覚書』花輪光訳（みすず書房、一九八五年）、八頁。

★63 — Peter Hamilton, "Putting Faces to the Names" in *The Beautiful and the Damned: the Creation of Identity in Nineteenth Century Photography*（London: National Portrait Gallery, 2001）42.

★64 — "Putting Faces to the Names" 45.

★65 — Garret Stewart, "Reading Figures: the Legible Image of Victorian Textuality" in *Victorian Literature and the Victorian Visible Imagination*（Berkley: California UP, 1995）345–367.

★66 — Nicholas Frankel, *Oscar Wilde's Decorated Books*（Ann Arbor: U of Michigan P, 2000）.

★67 — Earl Stanhope, *Hansard*, 4 March 1856, col. 1780.

★68 — Viscount Palmerston, *Hansard*, 6 June 1856, col. 1120.

★69 — "The Working Man's Guide to the British Museum" in *Punch, or the London Charivari* (18 August, 1955) 64.

★70 — "Gallery History" http://www.npg.org.uk/about/history.php

★71 — Malcolm Rogers, *Camera Portraits* (London: National Portrait Gallery, 1989) 9–10.

★72 — Earl Stanhope, *Hansard*, 4 March 1856, col. 1773. "In the first place, it would be of immense advantage to portrait painters to be able to see in a collected form a series of portraits of men famed in British history, from the first rude attempts of panel painting in the thirteenth or fourteeth century, down to the finished execution of the works of Reynolds and Lawrence. It would enable them to soar above the mere attempt at producing a likeness, and to give that higher tone which was essential to maintain the true dignity of portrait painting as an art."

★73 — Helmut Gernsheim, *The History of Photography: from the Camera Obscura to the beginning of the Modern Era* (London: Thames & Hudson, 1969) 234.

★74 — 時代間での貨幣価値の換算は容易ではないが、ウェブ上で計算できる http://www.measuringworth.com/ や英国議会下院による報告書"Inflation: the value of the pound 1750–2005"によって概算を得ることができる。前者を用いて購買力を基準とし、一八五一年の一ギニー（=一ポンド一シリング）を二〇一〇年に換算すると九十一ポンド四十ペンスになる。

★75 — Gernsheim 236.

★76 — Gernsheim 294.

★77 — Gernsheim 295.

★78 — Gernsheim 295.

★79 — Gernsheim 296.

★80 — Gernsheim 301.

★81 — "Sea-Side Photography" in *The Photographic News*（24 Sept., 1858）32.

★82 — Gernsheim 241.

★83 — Joseph Bristow ed., *The Complete Works of Oscar Wilde*, vol. 3（Oxford: Oxford UP, 2005）.

★84 — Oscar Wilde, *Complete Works of Oscar Wilde*（London: Collins, 2003）1452.

★85 — 一八九九年一月十九日付、仏ナプール発、H. C. Pollitt 宛書簡。Merlyn Holland & Rupert Hart-Davis, eds., *Complete Letters of Oscar Wilde*（New York: Henry Holt, 2000）1120.

★86 — Daniel A. Novak, *Realism, Photography and Nineteenth-Century Fiction*（Cambridge: Cambridge UP, 2008）137.

★87 — Bristow 277.

★88 — Bristow 289.

★89 — Bristow 277.

★90 — Bristow 286.

★91 — Mary Shelley の *Frankenstein*（1818）、Robert Louis Stevenson の *The Strange Case of Dr. Jekyll and Mr. Hyde*（1886）、Bram Stoker の *Dracula*（1897）などが典型的。さらに早い例で William Godwin の *Caleb Williams*（1974）。

参考文献

英語文献

Amorth, Gabriele. *An Exorcist Tells His Story*. 12th ed. Trans. N. V. MacKenzie. San Francisco: Ignatius, 1999.

Black, Jeremy. *British Abroad: The Grand Tour in the Eighteenth Century*. Stroud: Sutton, 1992.

——. *The British and the Ground Tour*. London: Croom Helm, 1985.

Blatty, William Peter. *The Exorcist*. New York: Harper, 1971.

Blatty, William Peter. *William Peter Blatty on the Exorcist: From Novel to Film*. New York: Bantam, 1974.

Block, Robert. *Psycho*. New York: Simon and Schuster, 1959.

Brinkley, Bill. "Priest Frees Mt. Rainier Boy Reported Held in Devil's Grip." *The Washington Post* 20 Aug 1949: 1. Print.

Christ, Carol., ed. *Victorian Literature and the Victorian Visual Imagination*. Berkley: California UP, 1995.

Crawford, Rachel, *Poetry, Enclosure, and the Vernacular Landscape, 1700–1830*. Cambridge: Cambridge UP, 2002.

Doyle, Arthur Conan. *The Hound of the Baskervilles*. 1901. Oxford: Oxford UP, 1998.

——. "The Adventure of The Sussex Vampire." 1924. *The Case Book of Sherlock Holmes*. Oxford: Oxford UP, 1999.

Foldy, Michael S. *The Trials of Oscar Wilde: Deviance, Morality, and Late-Victorian Society*. New Haven: Yale UP, 1977.

Frankel, Nicholas. *Oscar Wilde's Decorated Books*. Ann Arbor: U of Michigan P, 2000.

Fulford, Tim, *Landscape, Liberty and Authority: Poetry, Criticism and Politics from Thomson to Wordsworth*. Cambridge: Cambridge UP, 1996.

Gordon, Joan and Veronica Hollinger, ed. Blood Read: the Vampire as Metaphor in Contemporary Culture. Philadelphia: U of

Pennsylvania P, 1998.

Hamilton, Peter, and Roger Hargreaves. *The Beautiful and the Damned: The Creation of Identity in Nineteenth-Century Photography.* London: National Portrait Gallery, 2001.

Hargreaves, Roger and Peter Hamilton. The Beautiful and the Damned: the Creation of Identity in Nineteenth Century Photography. London: National Portrait Gallery, 2001.

Harris, Thomas. *Red Dragon*. New York: Putnam, 1981.

——. *The Silence of the Lambs*. New York: St. Martin's Press, 1988.

——. *Hannibal*. New York: Delacorte, 1999.

Kermode, Mark. *The Exorcist*. 2nd ed. London: BFI, 1998.

Jordanova, Ludmilla. *Defining Features: Scientific and Medical Portraits, 1660–2000*. London: National Portrait Gallery, 2000.

Levin, Ira. *Rosemary's Baby*. New York: Random House, 1967.

Martin, Malachi. *Hostage to the Devil*. San Francisco: Harper, 1992.

Punter, David, ed., *A Companion to the Gothic*. Oxford: Blackwell, 2000.

Punter, David, *The Literature of Terror: A History of Gothic Fictions from 1765 to the Present Day*, 2nd ed., 2 vols. London: Longman, 1996.

Radcliffe, Ann. *The Mysteries of Udolpho*. 1794. Oxford: Oxford UP, 1998.

Ryan, James R. *Picturing Empire: Photography and the Visualization of the British Empire*. Chicago: U of Chicago P, 1997.

Sandulescu, George C. *Rediscovering Oscar Wilde*. Cerrards Cross: Smythe, 1994.

Shelley, Mary. *Frankenstein*. 1818. New York: Norton, 1996.

Skal, David J. *Hollywood Gothic: The Tangled Web of Dracula from Novel to Stage to Screen*. New York: Norton, 1990.

Sobieszek, Robert A. *Ghost in the Shell: Photography and the Human Soul, 1850–2000*. Cambridge, MA: MIT P, 1999.

Stevenson, Robert Louis. *The Strange Case of Dr. Jekyll And Mr. Hyde, and Other Stories*. 1886. Harmondsworth: Penguin, 1979.

Stewart , Garret. "Reading Figures: the Legible Image of Victorian Textuality." In *Victorian Literature and the Victorian Visual Imagination*. Ed. Carol T. Christ and John O. Jordan. Berkley: California UP, 1995.

Stoker, Bram. *Dracula*. 1897. New York: Norton, 1997.

Walpole, Horace. *The Castle of Otranto*. 1764. Oxford: Oxford UP, 1998.

Wilde, Oscar. *The Complete Letters of Oscar Wilde*. Ed. Merlin Holland and Rupert Hart-Davis. New York: Henry Holt, 2000.

——. *Complete Shorter Fiction*. Ed. Isobel Murray. Oxford: Oxford UP, 1979.

——. *The Picture of Dorian Gray: An Annotated and Uncensored Edition*. Ed. Nicholas Frankel. Cambridge, MA: Harvard UP, 2011.

——. *The Picture of Dorian Gray: The 1890 and 1891 Texts*. Ed. Joseph Bristow. Vol. 3 of *The Complete Works of Oscar Wilde*. Oxford: Oxford UP, 2005.

日本語文献

伊藤進『怪物のルネサンス』河出書房新社、一九九八年。

風間賢二『ホラー小説大全——ドラキュラからキングまで』角川書店、一九九七年。

島村菜津『エクソシストとの対話』講談社文庫、二〇一二年。

丹治愛『ドラキュラの世紀末——ヴィクトリア朝外国恐怖症の文化研究』東京大学出版会、一九九七年。

トドロフ、ツヴェタン『幻想文学論序説』三好郁朗訳、東京創元社、一九九九年。

モア、トマス『ユートピア』平井正穂訳、岩波文庫、一九五七年。

ルセルクル、J＝J『現代思想で読むフランケンシュタイン』今村仁司他訳、講談社、一九九七年。

映像資料

The Exorcist: The 25th Anniversary Special Edition. Screenplay by William Peter Blatty. Dir. William Friedkin. Perf. Ellen Burstyn, Linda Blair, Max von Sydow, and Jason Miller. 1973. DVD. Warner, 1998.

The Exorcist: The Version You've Never Seen. 2000. DVD. Warner, 2000.

Frankenstein, Dir. James Whale. Perf. Colin Clive, Mae Clarke, and Boris Karloff. 1931. DVD. Universal, 1999.

謝辞

本書は筆者が論文集などに寄稿してきたゴシック小説をめぐる論考を集め、それをもとに加筆を行ったものである。それぞれの論文集を編集・刊行するにあたりお力添えいただいた皆様に改めて感謝申し上げたい。

また本書をまとめることをお勧めいただいた慶應義塾大学文学部河内恵子教授、根気よく付き合い的確な助言を下さった慶應義塾大学出版会編集部の村上文氏にこの場を借りて厚く御礼申し上げる。

初出一覧

第1章
「ゴシック文学における旅と秘密――『ケイレブ・ウィリアムズ』と『フランケンシュタイン』」(『イギリス文学と旅のナラティヴ――『マンデヴィルの旅』から『ドラキュラ』まで』河内恵子・松田隆美・坂本光・原田範行著、慶應義塾大学出版会、二〇〇四年)

第2章
「ユートピアと怪物」(『ユートピアの期限』坂上貴之・巽孝之・宮坂敬造・坂本光編著、慶應義塾大学出版会、二〇〇二年)

第3章
「視線と二つの肖像」(『オスカー・ワイルドの世界』富士川義之・玉井暲・河内恵子編著、開文社出版、二〇一三年近刊)

第4章
「19世紀後半――オスカー・ワイルドの時代」(『ロンドン物語――メトロポリスを巡るイギリス文学の700年』河内恵子・松田隆美編著、慶應義塾大学出版会、二〇一一年)

単行本化にあたり、適宜加筆、修正を施した。

ワ　行

ナ　行

ハ　行

マ　行

ヤ　行

ラ　行

索　引

ア　行

カ　行

サ　行

タ　行

著者紹介
坂本　光　Hikaru SAKAMOTO
1961年生まれ。1991年慶應義塾大学大学院文学研究科英米文学専攻博士課程単位取得退学。慶應義塾大学文学部教授。専門は19～20世紀の非イングランド系英文学、特にゴシック小説。著作に『情の技法』（共著、慶應義塾大学出版会、2006）、『イギリス文学と旅のナラティヴ』（共著、慶應義塾大学出版会、2004）など。

英国ゴシック小説の系譜
――『フランケンシュタイン』からワイルドまで

2013年4月1日　初版第1刷発行

著　者――――坂本　光
発行者――――坂上　弘
発行所――――慶應義塾大学出版会株式会社
〒108-8346　東京都港区三田2-19-30
TEL〔編集部〕03-3451-0931
〔営業部〕03-3451-3584〈ご注文〉
〔　〃　〕03-3451-6926
FAX〔営業部〕03-3451-3122
振替　00190-8-155497
http://www.keio-up.co.jp/
装　丁――――中島かほる
印刷・製本――株式会社理想社
カバー印刷――株式会社太平印刷社

Printed in Japan　ISBN 978-4-7664-2021-0